Tullio Andrade

É por isso que você está sozinha hoje à noite

Natal-RN, 2020

Dados Internacionais de Catalogação na Publicação (CIP) (Câmara
Brasileira do Livro, SP, Brasil)

Andrade, Tullio
     É por isso que você está sozinha hoje à noite / Tullio Andrade. -- 1.
ed. -- Natal, RN+ : Ed. do Autor, 2020.

    ISBN 978-65-00-12113-1

    1. Ficção brasileira I. Título.

20-52815   CDD-B869.3

Andrade, Tullio
     É por isso que você está sozinha hoje à noite [livro eletrônico] / Tullio
Andrade. -- 1. ed. -Natal, RN : Ed. do Autor, 2020.
     MOBI

     ISBN 978-65-00-12114-8

     1. Ficção brasileira I. Título.

20-48841   CDD-B869.3

Índices para catálogo sistemático: 1. Ficção : Literatura brasileira B869.3
Aline Graziele Benitez - Bibliotecária - CRB-1/3129

A Sarah

...a imagem refletida no espelho da sala não chega a lhe causar espanto, mas, talvez, algum tipo de arrefecimento. A luz de meio da manhã entra pela janela aberta não ainda tão intensa nem tão suave. Um meio-termo que, para seus olhos já cansados, é ideal. Como se isso fizesse muita diferença agora.

Se tivesse despendido algum minuto para refletir sobre a luz da manhã, estaria agora irritada com aquela luminosidade que entra sorrateira só para evidenciar a decadência do reflexo que ela vê. Inevitavelmente, ela pensa que não há mais tempo para lamentos ou reflexões. Uma decisão. Talvez seja hora de desistir, colocar um fim a tudo. Rápido, indolor. Talvez tentar se desprender da dor.

Das tantas dores. Começar de novo. Novas perspectivas. Talvez, quem sabe, apenas fugir. Mais uma vez. Longe. *Pra onde?...*

Olha-se no espelho e não sabe a resposta. Percebe os fios brancos gritando entre os cabelos tingidos de um castanho claro que lhe confere menos um ar de juventude e mais um tom de quase melancolia; como se ela tentasse desesperadamente lutar contra o tempo. Não chega ao ridículo, mas não a agrada mais olhar para si mesma e pensar que essa imagem, que ela teima em tentar manter de uma juventude já perdida há tempos, não existe mais. Simplesmente porque a imagem já não é mais jovem, mesmo com todos os paliativos estéticos aos quais, vez por outra, ela se aventura a se submeter. Nem a imagem é mais jovem, nem ela é mais a mesma mulher de décadas atrás. E, vendo-se agora, ela pensa se ainda queria de fato ser a mesma mulher de década atrás.

Os fios, brancos e tingidos, não são longos. Não lembra mais nem quando foi a última vez que eles tocaram seus ombros. Os ombros que ela sempre gostou de mostrar. Altivos, largos, viçosos. Agora, para ela, já nem tanto. Ela traça com o olhar uma linha reta do ombro esquerdo ao direito e se detém no espaço entre os dois. A pele flácida, denunciando com rugas a passagem dos anos. Décadas. Uma vida inteira marcada em sua pele. E ela acha, agora, sua pele feia. É como se nesse instante seus ombros começassem a fraquejar sob o peso que, de súbito, alojou-se sobre eles. *O tempo não perdoa nossos erros*, talvez esteja pensando. *Nem acertos. O difícil é saber, dos nossos atos, quais foram uma coisa ou outra.*

Pensa em Miguel. Não sabe o que sentir. Apenas deixa seu olhar escalar pelas rugas do seu pescoço na esperança de encontrar alguma redenção no rosto. Boca. Olhos. Talvez um sorriso. Mas não há sorriso. O queixo miúdo, quase delicado, que os homens adoravam segurar antes de um beijo. Agora parece mais um traço de fragilidade do que um toque sutil de beleza. E sobre ele, lábios crus, sem tinta nem cor. Como que desnudos, abandonados. Sente falta de um beijo. Pensa no marido que se foi. Quase tem raiva. Tem raiva. E morde o lábio inferior com força. Não o suficiente para abrir uma ferida. Já tem feridas demais. Tem raiva. Dele. Dela mesma. De ter que olhar para essas formas pálidas, não por alguma doença, mas por suas diversas ausências.

Enxerga os sulcos abertos em todo seu rosto, emoldurando com traços grossos e profundos seu semblante. Ela os vê como cicatrizes de sua alma; ou alguma metáfora desse tipo, que ela um dia leu em algum lugar e achou interessante. Eles se espalham por todo seu rosto, como se sustentassem blocos de ferro. Sempre que olha suas rugas, ela pensa isso. E imagina cada uma delas tentando suportar esses pesos; e por isso arrastam sua face para baixo. Sob seus olhos, essa ação da gravidade (dos seus erros ou das leis da física) lhe conferem pequenas bolsas decaídas, deixando seu olhar sempre mais triste.

Já não gosta de olhar seus olhos. Talvez algum medo de encontrar dentro deles uma versão de si mesma que ela prefere evitar. Concentra-se na mancha que se espalha, num degradê dolorido de roxo esverdeado, ao redor do seu olho esquerdo. Se arrisca a um toque. Leve. Para não machucar. Sente ainda o inchaço. E a dor. Pensa mais uma vez no marido que se foi. Lembra da dor. De agora e de antes. Lembra do soco que há poucas horas derrubou-a no chão com violência. Pensa no filho. Único. Miguel. Não consegue (não quer) entender os motivos que o levaram para longe dela.

Olha mais uma vez para seu reflexo de forma ampla, sem mais se concentrar em nenhum ponto específico do seu rosto. É como se a imagem começasse a esmaecer, tornando-se translúcida, transparente, invisível… para ela. Para todo mundo. *Talvez envelhecer seja isso.*

Pelos cômodos da casa, as ondas sonoras de um cassete velho que seu pai deixou reverberavam, ricocheteando em todas as superfícies, como se a melancolia quase triste daquela canção preenchesse a densidade de todos os ambientes, de todos os anos. Repetindo, repetindo. Over and over and over and over / Over and over / I know it's over. (*I Know It's Over / The Smiths no álbum The Queen Is Dead, 1986*)

Ele foi embora por sua culpa. Você é que faz a vida de todo mundo ser um inf... O tapa violento que ela desferiu, coincidentemente também do lado esquerdo do rosto do filho, deixou uma marca muito mais profunda que a vermelhidão sobre a pele.

É a última vez que você encosta a mão em mim. Por quê? Isso é uma ameaça? Quem você pensa que você é? *Eu sou um filho da puta. É isso que eu sou. Um filho da puta que não teve coragem de ir embora como ele.* Então vá. Não faz a menor diferença pra mim. Nunca fez. Você acha que alguém se importa? Ninguém se importa. Nem mesmo ele. Por isso que ele foi embora. Porque você não significa nada pra ele. *Eu queria que você é que fosse embora, mas você é covarde demais pra isso.* Essa é minha casa, não sou eu que tenho que ir embora. *Essa casa não é só sua.* Mas no final das contas, eu que fiquei. Quem resolveu sair foi ele. E você… *Nem se preocupe. Assim que eu puder, eu também vou embora.* Como eu disse, não me importa. Só que até lá, até o dia que você vai deixar de ser esse menino chorão com saudade do pai escroto, vai ter que fazer o que eu mando. Porque essa merda de casa, agora, é só minha. E quem paga a tuas… *Vá pro inferno! Pro inferno!!!* Eu já tô. Há dezesseis anos. *Se tua vida é um inferno desde que eu nasci, então porque você não morre de vez?!*

Depois que Miguel saiu, ela foi até a cozinha e tirou do armário a garrafa de uísque. Nunca gostou de uísque. Mas não era um momento de prazer que ela buscava. Queria engolir a seco os cacos estilhaçados da sua vida, vidraça, para que rasgassem sua garganta por dentro. Porque, talvez, quem sabe, a dor pudesse purificar; ou, simplesmente, deixá-la morrer de verdade, como seu filho acabara de desejar. Ela pensou *Quem se importaria?*

O álcool, os cigarros, a caminhada a esmo dentro da casa, que parecia tão grande naquela noite, não afogaram nada. Encharcaram-na transbordando. Ela vomitou as recordações que ela não queria mais. Enterradas tão fundo dentro de si que ela se assustou ao encará-las. E o cheiro forte do uísque se espalhou a seu redor na ébria névoa alucinógena de memórias olfativas, sensitivas. Físicas. Amargas, como as lágrimas. Ela aprendeu a sentir o gosto de lágrimas que cheiravam a álcool muito cedo. Desde sempre.

Um dia de festa. Véspera de seu aniversário. Todos os aniversários. O bolo sobre a mesa. A mesa com um lugar vazio, que se preencheu de uma ausência cotidiana. Como sempre. Os amigos (poucos amigos) já foram embora. Que horas eram? Tarde. A casa já silenciosa. Filha única. A mãe no recato, refúgio, dos lençóis que talvez abafassem alguma coisa que ela não conseguia ouvir. Suspiro, choro; ou só pesadelo de um sono inquieto. Caminhou até a cozinha. Sobre a mesa, ainda coberto, o pedaço de bolo reservado para o pai. Ele não chegou. Mais uma vez. Não sabe porque ainda espera por ele.

Adormeceu no sofá. Despertada de súbito pelo barulho da porta se abrindo. Um ranger agudo. Dobradiças carcomidas pelo tempo. Um grito de terror no meio de um sonho longe de ser lindo. *Minha princesinha, me esperando?! Feliz aniversário!* O cheiro de tabaco e uísque vagabundo desceu por suas narinas como veneno. E ela, numa purificação de si, regurgitou aquela imagem que ela repudiava. Rejeitava. Renegava. Vomitou no meio de um abraço de decepção.

Puta que pariu! Que porra é essa? Você tá doida? Porra!!! A mãe surgiu no corredor ainda a tempo de ver o marido empurrar com força a aniversariante contra o sofá. *A culpa é sua. Sua!*

Porra. Vai cuidar da tua filha. Ela vive doente. Vive passando mal. Culpa sua. Uma mãe de merda! E vê se limpa direito minha camisa. Não quero mancha de vômito nela.

O amargo do líquido na garganta tentava dizer alguma coisa para ela. Mas ela não entendia. Não queria. Queria apenas fugir. Talvez devesse ter fugido antes dele. Antes de todos eles. Mas não foi.

Viu o quarto do filho aberto. Uma cama de solteiro desarrumada. Um par de tênis sujos enfiados embaixo da cama. O ventilador velho que gemia todas as noites. Na parede, um pôster de uma banda de rock que ela não conhecia. Quadrinhos organizados na prateleira e uma foto do pai sobre a cômoda.

Há muito que ela não via aquela foto. Tirada logo após a eliminação da seleção brasileira de futebol da copa do mundo da Itália. A família toda foi assistir ao jogo na casa de praia de um amigo. Ela não recorda mais o nome dele, mas lembra que foi ela quem bateu a foto. Miguel, chateado com a eliminação, não queria ser fotografado. Ele dizia que foto era só para quando a gente está feliz. Tinha quatorze anos. Mas o pai o agarrou de surpresa e eternizou o momento em um click.

Não há fotos dela no quarto.

Ela não queria ter raiva do próprio filho. Ela nem sabia que tinha raiva do próprio filho. Mas olhou aquela fotografia e teve ódio. Queria que o marido sumisse. Fosse apagado. Tudo fosse apagado. Mas a semelhança entre os dois era uma afronta para ela. Todos os dias tinha que olhar para a cópia adolescente do homem que a abandonou. Às vezes, quase sempre, isso era demais para ela.

Porque você não morre de vez?! Porque você não morre de vez?! Porque você não morre de vez?! Repetindo, repetindo...

Queria ter coragem para arremessar o copo no espelho. Mas a cena lhe parece patética demais. Clichê demais. Já bastam seus estilhaços. E ela precisava recolher todos eles. Remendando a vida. Sempre. Saco cheio disso. *Por que a vida, simplesmente não podia ser feliz?!*, ela pensa, enquanto pegava as chaves do carro sobre o rack da tevê.

Num reflexo automático, olhou as horas no rádio relógio, mas não viu os números. Apenas um reflexo involuntário. Vazio. Como tanta coisa que ela fez por toda a vida. Um reflexo involuntário, vários, que levara ela, talvez, a escolhas que ela sequer pensou; ou quis, ou teve consciência. *Foda-se a consciência*, certamente ela diria se naquele momento essas reflexões inúteis, depois de tudo que ela não queria que acontecessem, já tinham acontecido.

Não fechou as janelas. As grades de ferro davam a segurança para que ninguém tentasse entrar na sua ausência. Entrou no carro, sentou ao volante e respirou fundo. E chorou com raiva. Quando as lágrimas são expelidas com ferocidade. Enquanto ela contraía o rosto com toda a força que tinha. E cada músculo da sua face se retesou. Uma época diferente da que agora, de frente ao espelho. Época em que eles, os músculos da face, ainda exibiam algum viço. A juventude. A beleza. As possibilidades de futuro. O processo de esquecimento do passado, da falta que ela sentia porque tudo lhe parecia falso.

Chorou com ódio. Acendeu os faróis e partiu. Esqueceu o portão aberto. Ela menos procurava Miguel e mais fugia. *Pra onde?* Só estar longe. Não perto. Nem de sua casa, nem de sua vida. Nem de seu filho. Saiu em busca de Miguel num pretexto para fugir. Ir para longe. Mas longe era sempre dentro dela.

Venceu rapidamente as ruas cartesianamente planejadas do seu bairro. Poucos carros cruzavam com ela na estrada. BR 101. Ela sempre pensou que ao sul daquela estrada alguma coisa a esperava. Uma coisa melhor. Qualquer coisa era melhor. Seguiu. E as luzes dos postes que se multiplicavam no para-brisa, cintilavam num brilho amarelado hipnotizante, ritmado sedutor, sonolento. E de súbito o breu.

Era aquele ano. "O ano que não acabou". Estudantes assassinados e atentados a bomba. Os sonhos democráticos atropelados pelos tanques. E as liberdades sufocadas em covardes atos institucionais. E ela, ainda mais jovem, não conseguia enxergar os olhos de Mauro. Negros. Intensos. Como se fossem algum tipo singularidade que tragava para dentro de si tudo a seu redor. Ela olhava para ele ali, mas não consegui enxergar através da barreira líquida, salina, que sangrava de seu próprio olhar.

Sentiu o toque no seu queixo. Fino. Delicado. Baixou a cabeça, como todo mundo sempre faz quando está triste. Um reflexo de vergonha por sentir dor. Como se seu sofrimento não fosse legítimo. Ainda mais em tempos de terror, quando vidas se perdem, apagadas à força pela força do estado. Um golpe. Tão brutal que deixou latejando essa ferida décadas depois. Uma ferida que parece não cicatrizar.

Ela talvez sentisse, sim, essa vergonha, mas não se deu conta naquele instante. Quando, ante à dor particular, o sofrimento de muitos se dispersou. Amigos sumiram, apagados pelo braço armado, violento, criminoso, que exibia suas insígnias com orgulho. E ela odiava cada um deles, das mais altas às mais baixas patentes. Mais ainda ali, naquele instante, ao sentir pela última vez (não sabia que seria a última vez) o toque leve daqueles dedos em seu rosto.

Mauro acariciou com suavidade cada traço, delineando um sonho que ele era forçado a abandonar. Despedida. Não a beijou. Quis levar consigo a lembrança do gosto doce daqueles lábios e não o amargo de uma dor.

O plano era seguir de carro por estradas improvisadas até Recife e, de lá, pegar um avião para o Rio de Janeiro. Era só até aí que ela sabia. O resto da história, a história apagou.

Quando os *sonhos se perdem, a gente perde um muito de si mesma*, ela talvez tivesse pensado na época. E sem sonhos, a vida arrefece, esmaece, desmancha-se dentro de si, diluída em lágrimas que nem teimam mais em cair.

Os anos seguintes, uma reconciliação familiar. Os breves anos, menos de dois anos, de intensidades e insurreições domésticas de uma amante de guerrilheiro urbano contra um ex-militar dispensado, acabaram.

A luta contra o regime, para ela, era mais uma luta por ela mesma. Uma busca de significado para si. Uma fuga. Talvez a primeira. Talvez a única. Ouvia os debates acalorados entre os grupos de resistência, sempre na surdina; e, embora julgasse toda a luta justa, ela não se sentia parte dela. Nem mesmo concordava com tudo que era dito. Mas se encantava com as palavras eloquentes e inspiradoras de Mauro. Ouvir ele falar sobre a luta, a causa, a resistência, era poesia em estado bruto. Alimentava os brios de todos, e despertava, até mesmo nela, um desejo de agir. Nunca teve coragem. As mobilizações no front, como Mauro gostava de falar, sempre a assustaram. Depois que ele foi embora, ela sentiu vergonha daquilo. Talvez por esse motivo, ela buscou com os olhos o chão na hora do adeus. E guardou apenas a visão dos pés, em sandálias de tiras, do homem que ela um dia (sempre) amou.

Pelo menos é o que ela sempre preferiu pensar. Pensar que era amor o que sentia por Mauro; e não um apego quase desesperado para oferecer uma alternativa melhor do que a convivência diária com o pai, ex-militar dispensado, especialmente depois da morte prematura de sua mãe poucos anos antes.

Ela gostava de Mauro. Isso era evidente para todo mundo. Mas se ela se permitisse um olhar panorâmico, zoom out em seus sentimentos, talvez admitisse que amor talvez não fosse a palavra certa. Como se as palavras fossem certas ou erradas. Como se os sentimentos fossem certos ou errados. Ela sentia carinho, atração, admiração e respeito por Mauro, mas depois que ele se foi, o minguar de sua vitalidade era menos pela perda dele e mais pelo horror, para ela, de ter que voltar a viver com o pai.

Há mais de um ano que ela saíra de casa. Viveu aquele tempo em diversos lugares, mas num único lugar, perto de Mauro. Seguiu seus passos com paixão. Um gole de vida que ela nunca havia saboreado. E era doce. Entorpecente. Apaixonadamente intenso. Ao ponto de ela oferecer sua última barreira de castidade.

Quando eu envelhecer, se eles deixarem eu envelhecer, não vou olhar com vergonha pra meus filhos ao ser questionado sobre o que eu fiz durante esses anos de chumbo. Eu vou dizer pra eles que eu lutei. E se perguntarem por que eu lutei, responderei: lutei por vocês.

Naquela noite, talvez por ele falar de filhos, ela apagou quaisquer resquícios incoerentemente pudicos de mulher recatada, submissa e temente à Igreja. Lançou-se a seu "pecado" com sorriso largo e coração ofegante. E entendeu que algumas idealizações românticas nem sempre acontecem como se espera. Não era um leito de núpcias, num quarto branco, enfeitado de flores e cetins. Era um colchão de solteiro sujo, jogado no chão frio de uma sacristia. Cortesia clandestina de um dos poucos padres que secretamente apoiavam os grupos de resistência.

Nos fundos do prédio, enquanto fiéis davam louvores à matança promovida pelos generais cristãos, a luxúria subvertia, sinuosa, a falsa moralidade decadente de uma sociedade suja de sangue.

Ela sempre guardou aquela lembrança como uma espécie de relíquia. Um tempo em que o tempo, para ela, não importava. Importava apenas sentir. E ela sentiu. A dor, o prazer e, especialmente, a esperança de que a vida podia, sim, ser mais do que aquilo que a esperava na casa do seu pai.

Sempre que toca a própria face, ainda sente a memória tátil dos pelos grossos da barba de Mauro. Eles acolhiam o rosto dela como um leito. E ela se deixava deitar e livremente sonhar. Talvez aquela tenha sido realmente a última vez que sonhou.

Ela envolveu Mauro com as pernas, como se tivesse habilidades que desconhecia possuir na dinâmica crua da lascívia que ela experimentava.

Provou um acréscimo ritmado, intensificado de prazer, como se toda a felicidade, que ela pensava nunca ter vivido, a tivesse invadido, de uma única vez, como Mauro imperativamente a invadia. E ela sentia não caber em si todas aquelas sensações. E, ofegante, amou. E sangrou. Como a imagem do cristo que Mauro virou de costas, pouco antes de se despirem. Um reflexo da criação católica ortodoxa punitiva de um menino quase sempre assustado, que preferia que Cristo não olhasse seus "pecados".

Ela pensa desde então que é como se depois daquele dia, Cristo tivesse permanecido de costas.

Um murmúrio longínquo de vozes, que ela sentia reconhecer, mas que não conseguia discernir. Discernir sequer se aconteceram ou foram imaginadas. Ilusão auditiva causada pelos remédios. Muito tempo depois, continuava se esforçando para lembrar o que aquelas vozes diziam. Ainda mais depois que soube não serem ilusão. O seu marido estivera realmente com ela no hospital depois do acidente.

Em tempos sem as facilidades tecnológicas dos aparelhos celulares, a agenda de telefones na bolsa levou a administração do hospital a localizar o marido dela. Na primeira página da agenda, ainda estava escrito "em casos de emergência, avisar Marcus Paulo (marido)" e dois números de telefone, o da casa deles e do trabalho de Marcus.

Encontraram-na no carro, inconsciente. A dianteira do automóvel reduzida a um amontoado de ferro retorcido contra o concreto. E o capricho da sorte permitiu que o poste, partido, deitasse sobre o lado do passageiro, livrando a motorista de ferimentos que teriam sido fatais; pois o teto do carro distorcia as linhas retas em sinuosidades quase letais. Mas sob a chuva de vidro esmigalhado, ela não viu a cena. Nem o sangue que jorrava de sua fronte numa cascata de desolação. Se consciente estivesse, talvez pensasse que nem para sumir ela tinha sido capaz.

Naquela noite, tudo que ela queria era sumir, partir. Seguir para o mais distante possível de si. De tudo. De todos. Do filho ingrato, do marido canalha, das lembranças que ela rejeitava. A pancada forte na cabeça poderia ter sido providencial para ela. Sempre pensa como teria sido a sua vida se, naquela ocasião, por alguma misericórdia divina, ela tivesse esquecido tudo. Mas Cristo sempre de costas. Ainda assim, gostava de brincar com essas infinitas possibilidades. Como se fosse algum roteiro medíocre de filme ruim que ela, vez por outra, gostava de assistir nos sábados à noite, depois que todo mundo dormia.

Teria sido tão bom se a equipe do hospital não tivesse encontrado seu marido, nem seu filho, nem amigos, nem ninguém. Ela simplesmente poderia acordar e criar para si uma nova narrativa. Uma na qual ela fosse protagonista de sua própria felicidade. *Como se alguém nesse mundo conseguisse de fato isso. E como se isso, de fato, fosse importante.* Às vezes ela pensava, meio que para justificar para si mesma, que o que importa no fim das contas é apenas viver, do jeito que dá. E os sonhos vão morrendo ao longo tempo, como roupas sujas e desgastadas que as pessoas vão largando ao longo da estrada, para, no fim, estarem nuas diante de um espelho, olhando para si mesmas e sem entender por que tudo aconteceu assim.

Mas, quando abriu os olhos, cobrindo seu corpo, uma bata de hospital de um azul pálido. E na boca, um gosto ácido. Amargo. Como se houvesse vomitado um pedaço de si e tivesse sido forçada a engolir novamente. Ouviu, na tevê, quatorze polegadas suspensa por uma armação de metal na parede de frente à sua cama, um repórter comentar os fatos recentes sobre a possibilidade de impeachment do Presidente da República. Era o primeiro presidente eleito por voto direto depois da ditadura militar; e já estava prestes a ser banido por seus atos de corrupção. Pensou que o país era mesmo uma piada de mau gosto.

As paredes, num tom de bege lavado, talvez tentassem trazer alguma calma, mas a ela só traziam inquietação. Percorreu com o olhar o máximo que pôde sem precisar virar a cabeça. Ainda pesada. Dolorida, apesar das medicações. Um aparelho de ar-condicionado tentava deixar a temperatura amena, mas o que ela sentia era frio. Mais uma sensação íntima que uma expressão externa de sua pele em contato com as partículas resfriadas do ar.

Sentiu uma presença a seu lado. Talvez uma cadeira. Uma pessoa sentada. Dormindo no desconforto que só os hospitais conseguem. Não por falta de acolchoamento na poltrona que ela nem conseguia ver, mas porque hospital certamente seja a expressão maior do desconforto.

Ela quis se esforçar para saber quem estava com ela deitada naquela cadeira. Mas mexer a cabeça lhe custava muito. Então apenas permaneceu parada. Sentiu o braço esquerdo coçar. O acesso à sua veia. Medicação. Soro. Um tipo de corrente que prende os doentes a esse mundo. Ela queria estar livre. Sempre. Desde sempre.

Fechou os olhos por cinco minutos e duas horas se passaram. Despertada com um susto. Um toque. Sobre seu peito, ofegante, um sonho. Pesadelo. Não lembraria bem com o que sonhava. Sentia apenas a mão da melhor (única) amiga, na tentativa de trazer conforto. Os olhos saltam e esbarram no sorriso sempre melancólico de Cláudia.

Mauro já havia se enublado na lembrança quando, enfim, conseguiu começar a faculdade. Já havia ultrapassado a barreira dos vinte anos há alguns anos. O retorno para casa, depois de suas aventuras guerrilheiras e a posterior doença do pai, fizeram-na adiar a decisão de retomar os estudos.

Cursou História. Professora. Seria professora para contar histórias das histórias que ela, em parte, viveu. Se seduziu por essa visão, contar a recente (ainda presente) História do Brasil para adolescentes desinteressados do futuro. Uma tentativa de inspirá-los, como Mauro, um dia, com seus discursos, a inspirou. Menos inspiração mais fuga. Sempre fuga de si. Correndo num ciclo infinito, no qual, ao fim, sempre encontrava a si mesma diante de um espelho.

Mas ela achava as aulas insuportáveis, embora sentisse que devia aquilo a alguém. Quem? *Sei lá. Só tenho que fazer.* Então, só seguia. Uma nova roupa de falso sonho. *Sonho?* Nunca foi o seu.

Àquela altura, já não sabia nem qual era o seu. No autômato cotidiano irracional, seguia cumprindo as tarefas que lhe disseram (que ela disse para si) que eram necessárias serem feitas. E ela apenas fazia. Cumprindo seu papel. Um papel que ela não escolheu. Nunca leu aquele roteiro de sua vida. Nunca escolheu ser aquela personagem, nem aquelas falas. Silêncio.

Os sons lacônicos caminhavam todos os dias para a faculdade sem expectativas. Sem decepções. Acostumou-se rápido à alternativa mais fácil para não viver mais decepções. Mãe. Pai. Mauro. Sem sonhos não há frustração. *Quando não se pode sonhar, a gente faz o que dá. E assim, às vezes é até melhor*, repetia vez por outra para Cláudia.

Em casa, na época, um pai (o que sobrou dele) mutilado não só no corpo. Amputação pela diabetes. Tiraram-lhe seu brio, a masculinidade sempre frágil. Homem pela metade, como sempre dizia. Nunca mais se sentiu completo. No mais metafórico sentido. Perdido, arrancado de si junto com sua perna direita.

Poucos anos depois que Mauro foi embora e a filha teve que voltar para casa, a doença trouxe aquela sentença. Antes daquilo, ele fez a filha engolir a seco não só seus sonhos, como palavras e a amargura de uma vida submissa a um pai bruto, ausente e opressor. É verdade que nunca bateu nela. Dizia que não se bate em mulher. E ela sempre pensou se aquela frase era uma fagulha de consciência feminista ou uma máxima machista. De qualquer forma, há muitos outros tipos de violências. E estas, quase sempre, silenciosas; ou mesmo imperceptíveis.

No entanto as condições físicas do pai fizeram-na ser sentir a obrigação de cuidar de um velho bêbado, decrépito, irritante. Intragável. Deplorável. Ela tinha vergonha e raiva dele. Mas se sentia errada por aquilo. Culpa. Remorso antecipado.

Não o abandonaria. Ele não era de todo mal. Já havia feito muito por ela, pensou. Pensou muitas vezes. Com força, como se quisesse convencer a si mesma. Convenceu.

O autômato que acolheu em sua vida a seguiu. Seguiu até os bancos da faculdade. Às vezes, a ferver. Às vezes, arrefecimento. E num dos dias de menos empolgação com os próprios dias, terminada a aula, ela se perdeu em pensamento. Era como se não quisesse voltar para o que a esperava em casa. Fingiu procurar algo na bolsa. Seria a própria razão para a vida(?). Esperou todos saírem da sala e permaneceu sentada. Absorta. Mergulho intuitivo involuntário. Indesejado no seu próprio vazio. Os olhos se fecharam. Pensou que fosse por horas, poucos segundos. E saltaram no susto. Toque no braço e um sorriso melancólico. Cláudia.

Tá tudo bem? Tá sim. Obrigada. *Sabe, eu tô indo encontrar um pessoal do curso de Direito. Tá a fim de ir comigo?* Obrigada, mas… *Sem essa, vamos. Você tá precisando ver gente. Eu sei.* Como você pode saber? *Eu sinto.* E você é algum tipo de vidente? *Não ri, mas sou, tipo, sensitiva. Sei lá. Só achei que você tava meio triste. Vamo. Se não gostar, eu volto contigo.*

Voltaram. Caminhando num começo de noite até a residência universitária onde Cláudia morava. Olhou para os passos leves da nova amiga e, naquele instante, sentiu que os seus próprios passos, dali em diante, não estariam mais tão sozinhos. Sorriu.

Marcus esteve aqui? *Esteve sim. Mas só no primeiro dia. Ou melhor, noite. Foi pra ele que ligaram. E Miguel? Tava aqui quase que o tempo todo. Mas eu pedi pra ele ir pra casa. Dormir nessa poltrona tava acabando com ele. É um bom menino, sabia.*

No silêncio, ela retrucou.

É melhor você descansar. O acidente foi muito feio. Você precisa de muito cuidado ainda. Mas pelo que o médico falou, talvez você possa voltar pra casa amanhã.

Deixou acender, como resposta, um sorriso que beirou a tristeza ao ecoar na sua cabeça a frase "voltar pra casa".

Às vezes, ela tinha vergonha de sofrer na frente de Cláudia. Se sentia mal de falar de suas angústias. Julgava que eram tão medíocres diante das dificuldades que a amiga sempre passou. Mais ainda quando via que ela, apesar de tudo, trazia sempre no rosto aquele mesmo sorriso. Não tão alegre, mas sempre presente. Uma vez, Cláudia lhe disse que só porque ela sofria, ela não tinha que fazer os outros sofrerem também. Achava que suportaria tudo sozinha, sempre. Reflexo de uma vida sem ninguém.

Aos oito anos, foi abandonada na casa de uma família estranha. Não tinha memória de sua família verdadeira. Não tinha lembrança de pai nem mãe para amar, ou odiar. Apenas era indiferente. Era como se não tivesse tempo para sofrer por aquilo. A sobrevivência era mais urgente. E aos oito anos já trabalhava na casa de uma família "caridosa" que lhe deu abrigo e roupas velhas em troca de afazeres domésticos. Nunca recebeu salário, nem carinho. Só carícias proibidas, furtivas. Forçadas.

Muitas tantas histórias que Cláudia nunca contou por completo. Talvez a machucassem. Talvez o calar fosse uma forma de não enxergar o que passou. O que estava ainda dentro dela. Queria esquecer. Como a amiga, queria fugir. Todo mundo tem suas formas de fugir. A de Cláudia, pensava, era mentir pra si mesma. Mentir que esqueceu, que o passado não era mais capaz de lhe causar dor.

Existe passado? O tempo íntimo é um ciclo simultâneo eterno do que foi, do que é, do que vai ser. Ao mesmo tempo, em si, tudo está acontecendo no tempo de nossas vidas, pensou ela na época, depois de provar pela primeira vez uma noite de risos e suavidades entorpecentes. E ébrias, uma nos braços da outra, riam e choravam, adormecendo em ternura.

O tempo é agora. E agora é sempre lindo e feio e melancólico e eterno. Fugaz. Concreto. Incerto. Incompreensível. Incoerente. Como os pensamentos. Os sentimentos, quando a gente, depois da maturidade, tenta revisitá-los e não entende nada. Nunca entende. E é pra entender?

Ela gostava de lembrar dessas palavras que Cláudia, na manhã seguinte, rabiscou na capa do seu caderno. E ali, ainda no hospital, ainda sentindo dor, ela se sentiu feliz por ver o rosto da amiga e não de outra pessoa qualquer, como o ex-marido ou mesmo o próprio filho. Não queria ver Miguel e ouvir as injúrias dele. Adolescência? Traição. Guardando em foto o sorriso falso de um pai que o abandonou, mas que ele ainda insistia em amar. Não queria ver Miguel. Não ainda.

Agradeceu os cuidados da amiga e fingiu cochilar, só para não ter que conversar. Explicar os motivos do acidente. Precisava do tempo necessário para criar sua própria versão dos fatos. Roteiro assinado por ela. Protagonista. Vítima injustiçada pela ira e pelo abandono.

E nos olhos fechados, perdeu-se no rascunho de sua história. Lembrou das vozes, quase murmúrios, que ouviu. Achou que ouviu. Seria um sonho? Não. Marcus e Miguel, na edição da memória, remasterização de lembranças quase inconscientes. Ela identificava apenas uma frase. Questionamento. *Porque você foi embora?* Não conseguia ouvir a resposta. E ela sabia que precisava muito daquela resposta, embora não admitisse.

Alguns meses antes de encarar o hematoma roxo no seu rosto diante do espelho da sala, sua rotina, que há tempos era quase apenas de silêncios e ausências, ganhou o inusitado de uma presença.

Ela, naquele dia, acordou um pouco mais tarde. Já havia começado o primeiro noticiário da tevê. A pauta política, insistentemente, parecia que a perseguia. Desde que deu adeus a Mauro, ela tentava não se importar com os rumos da nação. Um misto de decepção e desesperança. E a cada década que se passava, ela percebia que pouco mudava. Que nunca mudaria. O poder estaria sempre nas mãos de quem detinha o poder. Estava cansada das falácias partidárias. Todas elas.

E naquela manhã, ao ver a repercussão do julgamento em segunda instância do ex-presidente e como aquilo impactaria nas eleições deste ano, ela sentiu um leve impulso de indignação, antevendo a manobra covarde de subverter o processo democrático. Não achava ele inocente, mas não concordava com o que estava acontecendo: retirar a concorrência da disputa, para que, "democraticamente", o caminho para o Planalto ficasse livre.

Um resmungo e a tevê desligada foi tudo que tinha a dizer. Engoliu rápido o café da manhã e saiu atrasada para a academia de musculação. Exigência médica para combater a osteopenia que avançava.

Na volta, ela nem entrou em casa. Preferiu aguar logo as plantas do jardim da frente. Duas roseiras, que vez por outra brotavam uma cor rosa vibrante; algumas icsórias vermelhas que se alongavam junto à passarela, seguindo do portão da rua à porta da casa; e uma comigo-ninguém-pode, porque ela sempre teve essa superstição de que aquela planta afasta a inveja. Embora, vez por outra, ela pensasse se havia algo que pudesse despertar inveja em alguém.

Mas naquela manhã, dentro do cano que descia do telhado e servia de escoamento da água da chuva, ela percebeu algo diferente. De início, teve medo que fosse algum animal peçonhento. Sempre teve medo de bichos. Nunca gostou deles, nem mesmo os mais "fofinhos". Lembrou que, quando Miguel ainda pequeno, ganhou do pai um cachorro, vira-lata. Ela se irritou tanto que tentou de todas as formas deixá-lo sucumbir à sua fragilidade. O animal era visivelmente fraco, como se fosse custoso para ele até mesmo respirar. Chegou em casa com os ossos na lateral do torso totalmente definidos sob a pele fina. Mas ele resistia. E ela se irritava. Ela sempre teve essa incompreensível mania de se irritar com a alegria dos outros. Especialmente daqueles que estivessem mais perto dela. E, por ela ter sofrido, olhava a alegria dos outros como um tipo de afronta. Incomodava-se. A ponto de, certo dia, quando Miguel estava na aula e Marcus no trabalho, ela chegou mais cedo da escola onde dava aulas (porque havia faltado água e o diretor dispensou os últimos horários). O cão estava deitado na lateral da casa, outra casa na época, e como sempre, quando a viu, assustou-se. Ela, no impulso, enxotou o animal pelo portão aberto da rua. Miguel nunca soube como seu cachorro havia fugido.

Mas na manhã em que ela foi examinar o cano de escoamento da chuva, muitas décadas já haviam se passado e, de alguma forma, ela talvez sentisse necessidade de qualquer presença física perto dela. Todos tinham se ido.

Bateu no cano e, para sua surpresa, um filhote felpudo com a orelha esquerda decepada saltou assustado. E, assustado, permaneceu encolhido no canto do muro. O primeiro impulso dela foi pensar em jogar uma garrafa de água quente nele, para que o bicho não voltasse mais. Ainda mais um gato. Ela odiava gatos. O pelo, a mania irritante de enterrar seus excrementos. Mas, de alguma forma, o semblante amedrontado lhe causou algum tipo de sentimento que ela não experimentava há anos. Encheu um pote plástico com leite e colocou junto ao muro da rua.

Esqueceu de regar as plantas e entrou em casa para fazer um café. Quando terminou, o pote estava vazio e o gato havia sumido pela rua. *Melhor assim*, pensou.

Ela ficou se perguntando por que fizera aquilo. No fundo, sabia. Mas ainda assim se perguntava. E um sorriso de escárnio para consigo mesma foi a resposta.

Mas o felino não sumiu. No final da mesma tarde, apareceu novamente. Daquela vez, assustou-a. Ela estava no portão olhando o movimento da rua; ou a falta do movimento. Há anos as pessoas evitavam sair de casa. Ela ainda acha tudo isso muito estranho. Segurança; ou a falta dela. Entende. Mas ainda assim, acha estranho.

De súbito, um vulto veloz ruivo passou rente a suas pernas em direção ao jardim. E instantaneamente se recolheu ao cano de escoamento da água da chuva mais uma vez. O susto quase a desequilibrou. Teve um rompante de raiva. Mas depois entendeu a situação. O gato fugia de outros três gatos maiores e mais ferozes que o perseguiam. Ela chegou a achar engraçado, porque até entre os animais existiam as perseguições aos mais frágeis. Pensou inevitavelmente numa metáfora política. Abandonou aquele pensamento.

Simpatizou com o felino por isso. E passou a protegê-lo. E ali começou uma amizade peculiar. Diferente. Um jeito de dar carinho sem dar carinho. A única forma que ela aprendera a manifestar algum tipo de coisa próxima a amor.

Quando o gato saiu do seu esconderijo, ela percebeu os ferimentos. Não tão profundos que necessitassem de uma intervenção veterinária, mas perceptivelmente incômodos para ele. Ela então colocou mais uma tigela de leite. Não sabia nem se era leite que os gatos comiam. Mas os desenhos animados que viu Miguel assistir com o pai fixaram aquela imagem no seu inconsciente.

Na manhã seguinte, foi a uma loja de ração e comprou a comida certa; e pediu algumas orientações específicas. A loja ficava num pequeno centro comercial ao fim da sua rua. Na avenida principal do bairro. Àquela época, a ideia de bairro já era um pouco estranha. A maioria das pessoas moravam em condomínios fechados. E aqueles que ainda se arriscavam em manter casas convencionais nas ruas antigas já não tinham mais a referência de bairro.

Embora nunca tenha sido uma pessoa muito comunicativa, nem mesmo tão simpática, ela não conseguia deixar de perceber as mudanças que o tempo trouxe para as dinâmicas sociais no seu microuniverso. E ela sentia falta da vivência comum. De conhecer seus vizinhos, de trocar "bom dia" e "boa tarde" todos os dias, mesmo que de maneira forçada, para manter a educação social. De saber que, mesmo com desavenças, cada um sabia que podia contar com cada um. Para ela, aquela dinâmica social que as ruas, os bairros traziam antes se perdeu. Lamentava.

Mudou-se para aquele bairro no mesmo mês do acidente nuclear de Chernobyl. Miguel tinha por volta de dez anos. Aquele fato ficara marcado, porque, de alguma forma incompreensível para ela, começar uma nova vida, num novo bairro, no mesmo momento em que uma tragédia acontecia, não era um bom presságio. Marcus riu.

E de lá para cá, sem perceber, ela acompanhou uma transformação na forma como as pessoas se relacionavam. A principal delas foi que a maioria dos vizinhos antigos não permaneceu nas suas casas. Com o tempo, os filhos, da mesma idade de Miguel, cresceram e se mudaram. Os pais e avós, alguns morreram; outros se mudaram para lugares mais seguros. Só ela insistia em morar sozinha numa casa grande, numa rua quase sempre deserta, de um bairro que se tornou bastante perigoso. Mas ela não ligava. Chegou um ponto na sua vida que passou a não se importar com o que pudesse acontecer. Como se já tivesse perdido o suficiente da vida. Talvez ela, a vida, não tivesse mais o que tirar dela. Mas sempre tem.

No mesmo centro comercial ficavam mais quatro lojas, além da casa de ração. Uma papelaria, onde também havia uma máquina de xerox, mesmo sendo um tipo de serviço que já não se usava mais tanto. A não ser ela, porque não tinha habilidades com o computador nem com a impressora que Miguel lhe deu. Ao lado da papelaria, um escritório de contabilidade, que algum pai ou mãe montou para o filho recém-formado. No meio, uma pequena distribuidora de bebidas, que sempre estava cheia com homens bêbados que falavam muito alto e riam de piadas mal-educadas, especialmente quando a dona do salão de beleza que ficava na esquina passava.

Uma mulher trans que, para as expectativas vãs e perversas do conservadorismo do bairro, causava desconforto. Nunca soube seu nome real, mas ouvia as pessoas chamando-a de Mel. O salão dela ficou renomado no bairro. Vinham clientes até de outros lugares da cidade. Ela visivelmente prosperava. A fachada rapidamente foi remodelada e os acabamentos internos não poupavam na exuberância. Era a única loja naquele ponto comercial que tinha um toque de refinamento. A fachada se destacava em letras sinuosas douradas sobre o preto, dando um aspecto sutil e elegante.

Nunca chegou a entrar no salão. Primeiro, porque não tinha tantas vaidades, embora, vez por outra, se arriscasse a algum procedimento estético. Segundo, porque, embora não se julgasse publicamente homofóbica, ela também ficava desconfortável com a ideia de conviver com uma mulher *"daquele tipo"*. Se lhe perguntassem o motivo, não saberia dizer. Apenas evitava. Com o máximo de educação que podia. Mas ainda assim evitava. Nunca negou um "boa tarde", até mesmo porque todas as tardes ela passava na frente do salão para poder chegar a sua padaria preferida, onde gostava de tomar uma sopa com torradas frescas.

Mas depois que o gato apareceu, ela passou a observar mais o movimento do salão, porque ele ficava colado à loja de ração. E por mais de uma vez se pegou na curiosidade quase indiscreta de observar o trânsito das clientes; ou o jeito espalhafatoso de Mel. Sempre sorridente, solícita e prestativa com as mulheres. Ela sentia um pouco de inveja daquele jeito aparentemente tão natural de atrair a atenção das pessoas. Sempre achou toda cabeleireira um pouco falsa. Como se fingissem uma intimidade que beirava o patético, só para parecerem mais próximas. Mas Mel não parecia ser assim. Pelo menos não através da vidraça.

Seu salão podia ser visto de longe, já que ela remodelou o local para que as janelas enormes de vidro transparente servissem de marketing de sua habilidade profissional. Todo mundo que passava pela rua enxergava-as trabalhando. Ao todo, apenas três pessoas trabalhavam lá: Mel, uma manicure e um homem que ajudava nos cortes. *Provavelmente gay*, pensou. Mas para quem passava, a movimentação dava a impressão de um salão de primeira classe, com dezenas de funcionários a todo vapor. E no centro de tudo, Mel, atraindo com sua força gravitacional todos os olhares e atenções. Era inevitável não se perder por alguns segundos apenas a observando.

Naquela tarde, quando passou para tirar uma dúvida sobre as vacinas que o gato deveria tomar, ela foi tragada mais uma vez pela força gravitacional de Mel. Saiu da loja de ração se questionando como faria para conseguir segurar o gato para alguém aplicar a injeção, porque apesar do convívio que se iniciava entre eles, o felino ainda era um gato de rua. Livre e arredio. Mas aquele pensamento se perdeu fácil entre um passo e outro. Entre um passo e um quase passo que estacionou. A exuberância contagiante da cabeleireira a fisgou. Talvez ela, no fundo, olhasse cada minúcia do corpo e do rosto e da aparente felicidade (*apesar de todas as dificuldades que ela deveria enfrentar por ser daquele jeito tão fora dos padrões conservadores em tempos cada vez mais retrógrados*, pensou) e comparasse tudo aquilo com ela mesma. Inconscientemente, talvez, ela enxergasse o viço e a volúpia de Mel e percebesse que ela própria, não só pela idade avançada e pela decrepitude natural do corpo, sentisse que jamais foi daquele jeito. Sentiu inveja.

Mel trajava uma calça lilás de lycra bastante justa, que permitia que todo mundo observasse e se deslumbrasse com cada curva perfeita de sua musculatura exuberante. Mesmo sem admitir nunca, todos os bêbados que faziam piadas veladas ridicularizando-a, silenciaram. E se esforçaram para disfarçar a excitação que se aqueceu entre suas pernas quando Mel foi até a calçada para se despedir de uma cliente. Ela se debruçou na janela do carro tendo que se esforçar para se abaixar devido a sua altura. E isso, propositalmente ou não, deixou-a numa posição extremamente sensual. Os homens, calados, percorriam uma linha imaginária ascendente, indo da ponta dos pés e subindo lentamente. Demoravam-se em cada detalhe daquele corpo, que parecia não conhecer imperfeições. E aquela posição deixava ainda mais proeminentes as nádegas rígidas, arredondadas, que certamente alimentaram fantasias em cada um deles. Talvez eles tivessem repulsa e fizessem piada com ela justamente porque tinham raiva de se encantarem tanto por Mel. E não podiam admitir isso. Pecado. Afronta a um modelo de masculinidade que nunca soube entender o que é, de fato, masculinidade.

Mas naquela tarde, por instantes, eles se esqueceram de tudo. E Mel percebeu. E se demorou naquela despedida. Um jeito sutil de vingança. Posicionou-se melhor para que, além de suas nádegas inebriantes, ela pudesse exibir os seios volumosos, voluptuosos, que se escondiam num mínimo top da mesma cor da calça.

Talvez a cena não tenha durado mais que cinco minutos. E ela, ao sair da loja de ração, presenciou tudo por menos tempo que isso. Estacionou no deslumbramento daquela beleza. Sua presença ali na frente, entre os bêbados e Mel, talvez tenha sido o fator que rompeu o diálogo silencioso de olhares lascivos, que jamais seriam admitidos, e a performance elegante de sensualidade e volúpia, por meio da qual a cabeleireira passava o recado, como se sussurrasse no ouvido de cada um daquele homens: *Eu sei que vocês me desejam.*

Na faculdade, por intermédio de Cláudia, ela conheceu algumas pessoas interessantes, mas nunca conseguiu se aprofundar em relação alguma, nem mesmo as amizades. Cláudia era a única que conseguia, de alguma forma, prender seu interesse. Chegou um tempo em que ela pensou que pudesse ser algo mais complexo. Ao ponto de trocarem carícias ébrias entre si. Mas logo perceberam que não era aquele tipo de sentimento que as mantinha unidas. Com o tempo, talvez as duas tenham percebido o que realmente as mantinham uma junto da outra; mas nunca admitiriam, nem para si mesmas. Porque talvez não fosse algo mais nobre como carinho, respeito ou cuidado.

Ela se mantinha perto de Cláudia porque, às vezes, é bom manter por perto alguém que sofreu mais que você, talvez tivesse pensado. É um tipo de sadismo que as pessoas alimentam só para se sentirem melhores. Cláudia sofreu com perdas, sevícias e violências que ela sequer podia imaginar o tamanho das consequências. E, mesmo sem a amiga falar muito sobre aquelas coisas, ela gostava de mantê-la por perto, como se fosse uma forma de dizer para si mesma que *Se ela consegue viver com isso tudo, eu consigo viver com minhas dores também.*

Por outro lado, talvez inconscientemente pensasse que é bom manter perto alguém "pior" que você só para se sentir superior em alguma coisa nessa vida. Mas aquilo não significa que, com o tempo, ela não tenha, verdadeiramente, desenvolvido um amor pela amiga. O que a faria refletir, décadas depois, quando foram obrigadas a se separar em definitivo que o amor não seja mesmo essa balela de livro de romance. Na verdade, talvez nem exista. Está mais para uma mistura de acomodação e respeito, que, às vezes, envolve carinho. Às vezes não. E as pessoas chamam de amor porque não querem admitir que passaram a vida inteira sem sentir nada parecido como o que viam nos filmes. Nada mais precioso. Como se passar a vida inteira sem sentir amor fosse algum tipo de crime. Lembrou de Mauro. *Teria amado ele?*

Já Cláudia, mantinha-se perto dela porque não tinha mais ninguém. E atravessar o mundo daquele jeito é sempre mais difícil. *Nem sempre, ou quase nunca,* pensava Cláudia, *a gente escolhe quem será o nosso companheiro de viagem. Então cabe apenas aceitar o que nos dão. Mesmo com defeitos, incoerências e comportamentos irritantes.* Cláudia sentia isso por ela. Uma espécie de "*é o que a vida me deu, então vamos nessa*". Mas com o tempo, o tempo faz tudo se encaixar, ou despedaçar. Para a sorte de Cláudia, ela desenvolveu um carinho real. E se preocupou. Sentia que a amiga não era tão forte quanto ela. Passou a cuidar dela quase como uma irmã mais nova. E talvez isso tenha ajudado Cláudia a se manter firme consigo mesma; e não se permitir afetar tanto pelo passado tão doloroso que ela possuía. Passado que deixou marcas não só na alma, mas sobre a pele. Cicatrizes que todos os dias olhavam para ela só para dizer que ela não conseguiria ser feliz. Não depois de tudo que passou. Mas Cláudia era teimosa.

E o cuidado com a amiga fazia-a, de alguma forma, romper com aquela carga vil de lembranças. Liberdade. Algo assim. Algo como quando alguém olha para o outro e melhora a si mesmo. Mas não refletiu sobre aquilo. Embora, no seu íntimo, ela sentisse o quanto amparar a amiga a ajudava. Solidariedade. Sororidade. Quem saberia? E, de fato, importaria saber?

Importava saber que quando o pai da sua melhor amiga finalmente faleceu, foi ela quem esteve ao seu lado, ouvindo-a dizer, *Agora que ele morreu, não sei se sinto raiva, alívio, saudade ou desprezo. E tenho vergonha por não amá-lo.*

Quase uma década depois, numa briga com Marcus, ela erguia a voz com uma voracidade quase selvagem enquanto apontava seu indicador para o rosto do marido e esbravejava.

Nunca fale do meu pai. Você não tem ideia do que ele passou para poder me dar a vida que ele nunca teve. *Se matar de trabalhar pra te dar uma casa boa e uma escola decente não faz dele um bom pai. E muito menos dava o direito dele todos os dias cometer violências psicológicas com você e com sua mãe. Seu pai foi a porra do relacionamento abusivo que você nunca conseguiu se libertar. E por causa disso fode todas as suas relações. Fode com o nosso casamento. E afasta todo mundo.* Vai se fuder! Você não tem o direito de falar essas coisas. Meu pai me amava. *Não! Não amava. É isso que você quer acreditar porque tem medo ou vergonha de admitir que ele não te amava. Que ele não se importava. Que ele talvez trabalhasse tanto só pra ficar longe da vida que ele tinha em casa. Ele enfiava a cara na cachaça porque não tinha coragem de encarar a vida de merda em que ele foi obrigado a se afundar só porque acidentalmente engravidou a tua mãe. Você, pra ele, não era um amor, era um fardo que ele tinha que carregar. Mas você não admite isso porque não quer se sentir mal. Porque, ao admitir isso, você estaria admitindo que você era tão insignificante que nem mesmo teu pai foi capaz de te amar. Mas quer saber? Eu te amo. Teu filho te ama. O que você tá fazendo é afastar a gente de você!* Vai pro inferno! Eu não preciso de vocês. Eu não preciso de ninguém. *Não é questão de precisar. É questão de amor. O que você sente de verdade por mim?* Eu te odeio. *Tem certeza disso? É realmente isso que você sente?* É sim. Você é um monte bosta perto do meu pai. O que você fez foi estragar minha vida. Me jogar numa merda de vida que eu não queria. Eu não queria isso. Queria a liberdade que eu tinha antes de você. Meus sonhos... *Liberdade? Sonhos? A única coisa que você fazia era beber e trepar feito uma vagabunda quando te conheci. E foi justamente por minha causa que você não se fudeu. E não sou eu quem digo isso. Foi você mesma que me falou isso. Foi você que escolheu vir comigo.* Eu tava desesperada. *Então eu fui o que pra você esse tempo todo? Um assistente social? Um psicólogo?* Você foi um corno filho da puta, que não me enxerga. *Te enxergo sim. Te enxergo tanto que você tem raiva disso. Enxergo que você carrega a porra de uma culpa desde que ele morreu. Morreu fudido, aleijado, bêbado na merda de uma cama. Mas não foi você que colocou ele lá.* Eu cuidei dele. Eu sei. *E é exatamente por ter ficado tantos anos cuidando de um aleijado bêbado escroto que você não tem que sentir remorso por nada.* Não fala assim dele. *Falo sim. Porque era isso que ele era. E você sabe. E sabe também que o que você sente, no final das contas, não é nem remorso. Você tem raiva dele, mas não quer admitir. Porque algum senso cristão moralista imbecil ainda tá aí impregnado em você. Mesmo você agora pagando de ateia, nunca se livrou dessa merda toda que ele enfiou na tua cabeça.* Eu não tenho raiva dele. Eu perdoei os erros dele. Todo mundo erra. Sem falar que eram outros tempos. Eu admiro meu pai. Admiro e agradeço. *Porra nenhuma! Você tem raiva porque ele sempre chegava embriagado no teu aniversário; porque ele humilhava sua mãe; porque ele era ausente; porque ele preferia encher a cara num puteiro do que estar com você; porque quando você foi internada com pneumonia, ele só soube dois dias depois, quando resolveu aparecer de volta em casa.* Não fala isso... *É raiva que você sente dele. Mas não admite. Eu tenho raiva desse escroto. Tenho raiva porque ele te machucou. Tenho raiva porque ele ainda te machuca; e você não quer enxergar. E por não querer enxergar isso, você vive nessa busca involuntária de vingança. Você odeia ele e quer se vingar em mim, em Miguel, em qualquer pessoa que demonstra um pingo de afeto sincero por você.* Meu pai era um homem incrível. E você nunca vai entender o que é crescer na pobreza e ter que lutar sozinho por tudo. Ele não teve a mesma sorte que você, de ter uma família estruturada pra dar apoio. Ele se fudeu sozinho pra enfrentar o mundo. Só pra me dar o melhor que ele podia. Ele me deu um teto decente. Me deu comida. Me deu educação de qualidade. *Meu Deus, isso é o mínimo que ele tinha que fazer como pai. Puta que pariu!* E o que você queria que ele fizesse? Ficasse brincando de casinha feliz? *Não. O que eu queria dele já aconteceu. Ele morreu. E que se foda pra lá.*

Marcus sentiu, pela primeira vez, o ímpeto de revidar com violência. Ela havia encerrado a discussão com um arranhão profundo no rosto dele.

Mas Marcus não revidou.

Ela corria desesperadamente, ofegante. Atravessava um campo estéril. Quase deserto. Não havia desertos na sua cidade. Ela não entendeu. Não tinha tempo para entender. Era preciso fugir. Estavam no seu encalço.

Avistou, no meio daquela planície seca, um edifício alto. Correu até ele. Atrás de si, ouvia já perto a marcha acelerada, os gritos. Ameaças. Morte! Comunista!

Empurrou a porta da entrada. Percebeu que se perdera de Mauro. Onde ele estava? Será que o pegaram? Não havia tempo para pensar. Correr. Rápido. Fuga.

Elevador quebrado. Não havia outra saída. Escadas. Subiu correndo. Perdeu a conta de quantos lances venceu. Mas quanto mais subia, mas sentia que não saía do lugar. O som aterrorizante dos soldados aumentou. Ela se apavorou.

Abriu a primeira porta de acesso que viu. Aquela porta sempre estivera ali? Não dava tempo de pensar. Invadiu um dos apartamentos. Vazio. Trancou a porta. Passou a corrente. Não era um lugar abandonado. Havia vestígios de uma vida ali. Fotografias. Roupas. Tevê ligada. Música. Se trancou no quarto. Apagou a luz. De repente, caiu a noite. Como se alguém simplesmente tivesse desligado um interruptor.

Camuflada na escuridão, ela rezava. Tentava. Não sabia mais as preces. Queria falar com Deus. Não conhecia sua língua. O barulho dos soldados cessou.

Silêncio. Vazio. Escuridão. Ausência. Onde estaria Mauro?

O coração não desacelerava. Medo. Tudo surdo. Ouvia o ecoar de sua própria respiração reverberar como estrondo. Súbito. A porta escancarada. Arrombada. Dezenas de soldados invadindo. Centenas. Milhares. Multiplicavam-se, como se a sufocassem. Mas não a tocavam. Armas apontadas. Alguém acende a luz. Todos têm o mesmo rosto. Um rosto conhecido. *Pai!*

Avançam. A janela atrás dela sopra uma brisa suave. Sedutora. Convite. Liberdade. Voar. Melhor que se render. Lançou-se…

Não fosse a mão de Cláudia para segurar a amiga, ela teria se esfacelado na queda.

Foi a primeira (única) vez que tomou ácido. E, de alguma, forma aquilo a assustou. Estavam no alto da caixa d'água da faculdade. Um dos esconderijos preferidos deles para fumar maconha e falar livremente, longe da repressão do regime que ainda tomava conta do país.

Cláudia lhe contou que a amiga só não caiu porque a própria Cláudia a segurou a tempo. Disse que ela parecia delirar, falando o tempo todo em voar. *"O vento, o vento"*. Como se ele fosse levar alguma coisa embora.

Depois da morte do pai, ela entrou numa espiral de autodestruição que assustou Cláudia. Só não perdeu o curso porque as colegas, por piedade, colocavam seu nome nos trabalhos; e os professores foram tolerantes com ela em razão da perda familiar.

Desde que Mauro foi embora, ela se encaixou novamente na vida de conveniências. Casa, estudo, cuidar do pai. Arrumou até um emprego de atendente numa clínica médica. Sempre foi mais fácil se encaixar nas conveniências. Mas quando o pai morreu, parece que não fazia mais sentido seguir o roteiro como a personagem da filha cuidadosa, da aluna exemplar, da mulher recatada. Padrões que ela seguia e nem se dava mais conta. Ainda no arrefecimento da ausência de um amor que, desde que partiu, deixou um espaço nela que não se completava. Também amputada. E alguém sempre tem um modelo pronto pré-estabelecido de conduta para preencher os vazios das vidas das pessoas. Ela apenas escolheu um deles; e deixou os anos passarem.

Mas depois do luto, não tinha sentido. Largou o emprego logo depois que o advogado falou para ela algo sobre uma pensão do pai até que ela terminasse a faculdade. Nunca entendeu muito bem como funcionavam aquelas coisas de lei. No entanto era uma época em que ela não queria mesmo entender de nada. Sua vida passou a ser ir e vir sem sair do lugar. Não negava nenhum convite para beber ou fumar maconha nos esconderijos da faculdade. E foi nesse período que ela conheceu Marcus.

Inicialmente, Cláudia que se interessou por ele. Sempre estavam nas mesmas festas, mesmos eventos sociais da faculdade, seminários. Ele chegou a se matricular em disciplinas extras só para se manter por perto. Cláudia pensava que era para se manter perto dela, pois ela era sempre mais eloquente quando os três se encontravam. Já sua amiga, de pronto, não foi muito com a cara de Marcus. Mas o tempo e os papos revelaram que Cláudia não era o foco dele. Sempre fora a sua amiga. E numa daquelas ocasiões, mergulhada no ébrio esconderijo para fugir de si mesma, ela, no bar (o bar de sempre), deixou-se ir com ele.

Era ali o ponto de encontro. Cervejas, conversas, paqueras, mais cervejas e, rapidamente, os grupos se definiam e partiam para seus esconderijos subversivos, para fumar, tramar contra o sistema (mesmo que nunca executassem nada), rebelar-se longe das vistas sociais e, obviamente, fazer sexo.

Certa vez, décadas depois, ela tentava se lembrar como era aquela sensação que os jovens têm de encarar o sexo como uma transgressão. Especialmente naquela época. *Hoje*, pensou, *talvez encarem mais como uma banalidade*. As duas formas, ela acha que são formas equivocadas. Há anos que ela não tinha mais sexo, de nenhum tipo. E talvez, agora, enfim, entendesse. Não é transgressão nem banalidade, é algo de que ela sente falta, porque era um momento em que ela se sentia especial. Talvez a única forma de ela se sentir especial. Quando todos os olhares e atenções e desejos estavam concentrados nela. Nessas horas, não havia solidão. E ela tentava perpetuar o máximo que podia esses momentos. Para não ter que encarar a verdade que lhe gritava nos ouvidos quando os gemidos ofegantes cessavam.

Naquela noite. Já perdida a medida das doses, ainda no bar, antes dos esconderijos, Marcus a viu perdida, zonza, visivelmente fora de si; enquanto três conhecidos seus do curso de engenharia tentavam persuadi-la a sair com eles ao mesmo tempo. Menos persuasão. Imposição mal disfarçada. Marcus interveio.

Conseguiu tirá-la de lá, com a ajuda de Cláudia; e levou-a para longe no seu velho carro. Ela não queria ir para casa. Pediu para ver o mar. *Olhar o mar faz a gente querer sonhar. E eu moro aqui, uma cidade com um litoral desse, e faz tanto tempo que não vejo mar.*

Sentaram na areia da praia e esperaram as últimas horas passarem. O céu começava a receber as pinceladas do dia; diminuindo, num degradê de cores, o negro belo da noite partindo e apagando as estrelas. Aos poucos, o sol começou a iluminar o rosto dela. Os resquícios úmidos das lágrimas brilharam à luz; e resplandeceram nos olhos de Marcus. Encantado, apenas calou em contemplação. *Eu não tenho ninguém por mim*, ela disse.

Marcus a abraçou e, naquele instante, ele, mesmo sem saber, traçou a sentença, nunca abandonaria aquela mulher.

Desculpa, mãe. Me falaram que você ficou lá comigo o tempo todo. Obrigado.

Um abraço. Longe de ser uma cena de arrebatamento e sentimentalismo. Pelo menos da parte dela. Quando chegou em casa, viu estampado no rosto de Miguel um remorso que não foi ela quem colocou ali, mas que gostou de ver. Talvez ela tenha pensado que poderia ser o que faltava para, enfim, terem, dali para frente, uma convivência menos conflituosa. Então apenas deixou que ele alimentasse aquela culpa.

Jantaram uma sopa com torradas que Miguel trouxera da padaria que a mãe gostava de frequentar. Já não estava mais tão quente, mas tomaram assim mesmo. Ela tomou. Miguel quase não tocou na colher, que lentamente transferia o frio de seu metal para o líquido viscoso da sopa de legumes.

Não trocaram muitas a palavras. Uma ou outra frase solta. Ele com um estreitamento na garganta que parecia sufocar suas palavras. Palavras que ele nem saberia reconhecer quais eram. Apenas sentia que não devia dizê-las.

Ela, talvez por cansaço, enfado, ou um tipo estranho de frustração, não estava feliz por voltar para casa. Olhava todo o cuidado do filho para com ela como uma forma de afronta, um tipo de piada ruim. Ela não ria há muito tempo.

Ao fim do jantar, ela foi para o quarto e se deitou. Não tinha sono, apenas queria ficar longe. Longe do filho. Longe de tudo. Apagou a luz e permaneceu no breu. Aos poucos, seus olhos se acostumaram com o escuro e começaram a discernir as formas e objetos do quarto que, por tantos anos, abrigou o seu relacionamento com Marcus. Ela, naquele momento, não saberia definir um adjetivo para aquele relacionamento. A vontade dela era dizer que foi um desastre. Que ele era um filho da puta, ou algum outro palavrão desse tipo. Mas não conseguia. No escuro, parece que ninguém consegue mentir para si mesmo. Ela não mentiu. Mas também não disse a verdade. Pensou em Mauro. Lágrimas silenciosas esquentaram seu rosto.

Do outro lado do corredor, Miguel, sentado na sua cama, pensava. Tentava. Um turbilhão de sensações e lembranças e tristeza e remorso. Lembrava da fragilidade da mãe naquela cama de hospital e pensava em tanta coisa que, talvez, ela tivesse enfrentado na vida para se manter de pé. Quase sentiu orgulho dela. Mas não era para tanto. Passou a vista pelas paredes, o chão, os móveis. Nada no seu quarto remetia à memória dela, de momentos com ela. Abriu um álbum de fotografias de quando ele era apenas uma criança ainda. Não conseguia ver felicidade no olhar distante da sua mãe. Era como se ela carregasse sempre uma dor muito grande. Ele via aquele semblante, mas não pensava em nada. Apenas não entendia. E teve pena. E remorso. E começou a achar que a constante falta de carinho por parte dela para com ele não era culpa dela. Reflexo involuntário de uma dor que nunca passou. Mas alguém, na cabeça dele, gritava, *Mas não foi você que causou essa dor!* E não foi. Não merecia ser penalizado com a ausência da própria mãe por crimes que não foi ele que cometeu.

Anos à frente, a mãe dele diria que *Quando a gente cresce, a gente escolhe como quer lidar com nossas dores.* Ele reclamava de todas as vezes em que, desde de criança, ela fora ausente. Insensível a seus apelos infantis por atenção. Ela, lá na frente iria dizer que ele já era adulto; e ela queria saber se ele ficaria a vida toda se lamentando e lastimando porque não ganhou tantos abraços como gostaria quando era criança. *Você escolhe permanecer nessa dor ou se libertar dela e enxergar o que eu fiz de bom pra você também.*

Um salto em segundos atravessou décadas da vida dela na cabeça de Miguel. E ele viu a mãe. Ela nunca se libertou das próprias dores; e ainda as usou por todo o tempo como desculpa para seus atos; ou para a falta deles. Justificar uma maternidade deturpada, indesejada, mas que ela se esforçava para fingir que gostava, talvez só para não ser julgada. Não queria ser a mãe que falhou. E, assim, falhou.

Mas Miguel só chegaria àquela conclusão anos à frente. Naquela primeira noite em que ela voltou do hospital, ele apenas não sabia o que sentir. Ainda tinha dentro de si raiva por ela. Travava uma luta feroz consigo mesmo para sufocar seu desejo de que ela fosse embora da sua vida. Lembrava dos olhos apagados da mãe ainda há pouco na mesa do jantar. Todo o vazio que ele via no semblante dela, atribuiu a si mesmo. Ele não gostava de sentir que era responsável pela dor de ninguém.

Levantou devagar. Encostou o ouvido com delicadeza na porta do quarto da mãe. Silêncio. Nem o ressonar ele ouvia. Um calafrio instantâneo eriçou seus pelos. Teve medo que estivesse morta. Ouviu o ranger da cama velha. *Está viva.* Caminhou até a sala sem fazer barulho. Pegou o telefone sem fio e foi até a garagem. Fechou a porta da sala para abafar o som e ligou para o pai.

Do outro lado da linha Marcus apenas ouviu; e tentou tranquilizar o filho. Ele sempre teve mais habilidade em reconhecer o filho. Saber a hora certa apenas de ouvi-lo. E ele ouviu.

Miguel chorou. Falou de culpa, de raiva. De frustração. E Marcus apenas respeitou, a um custo pessoal muito pesado, a decisão do próprio filho. Naquela noite, todos os planos de ir morar com o pai se acabaram. Aos dezesseis anos, Miguel colocava uma culpa pesada demais nas próprias costas. E por anos acreditou que a pena e o remorso que ele sentia era algum tipo de sentimento mais próximo de amor.

Para ela, agora, a casa parece ser grande demais. Não apenas por causa dos tantos metros quadrados, que um dia abrigaram tantos planos, talvez até sonhos. Não sabe dizer ao certo.

Há mais de trinta anos que ela percorre os mesmos cômodos. Quase sempre a mesma rotina. Como se a rotina fosse tudo que houvesse sobrado. Como se o que sobrasse fosse apenas aquilo, uma sucessão de movimentos repetitivos diariamente, sem aspirações, sem briga, sem sonho, sem ninguém. Só o gato, que agora se intrometeu.

Há tempos do mesmo jeito. Acordava cedo, às vezes nem dormia. Às vezes, remédios para dormir.

Às vezes, não estava mais nem aí para nada. *Pra quê?* Levantava da cama ainda sem luz lá fora. O tempo gritando no ranger dos seus ossos. Ela ouvia, como se fosse possível ouvir a fragilidade do arcabouço que ainda teimava em sustentá-la. Rolava para o lado esquerdo. Os chinelos sempre estavam do lado esquerdo. Tentava se apoiar nas mãos. Sempre doloridas. Hesitava. Se esforçava. Uma luta solitária, silenciosa. Como quase todas as maiores dores, passava-se no isolamento. Longe das vistas de todo mundo. *E hoje em dia cada vez mais*, ela pensava, *quando à mostra deve estar apenas a felicidade.* A suposta felicidade. A felicidade de plástico. Como ela gostava de chamar. Sempre achou flores de plástico mórbidas. Vidas de plástico. A dela teria sido assim? Ou nem sequer isso? Não importava. A dor não a deixava pensar. Num inspirar súbito, a força que ainda lhe restava consegue erguer seu corpo do colchão.

Sentada, ouvia o silêncio. Pássaros começam a se alvoroçar por trás da janela. Deveria achar bonito. Tinha raiva. A felicidade lhe dava raiva. As mãos sobre as pernas pareciam paralisadas. Todas as manhãs, pouco a pouco, a muito custo, começava a tentar movimentar. Os dedos rijos, enrugados, quase decrépitos, ossudos, de falanges finas e articulações grossas. Tinha raiva das deformidades que a doença trouxe. Aos poucos, as mãos se fechavam e abriam e fechavam e abriam e ela tinha raiva. Queria socar alguma coisa. Alguém. Não tinha força nem para fechar a mão direito. Ódio.

Há pouco, teve que se acostumar com os chinelos novos. Verdes. Como se trouxessem alguma esperança. Não se adaptou ainda com eles. Os antigos eram melhores, mas desgastam. O tempo desgasta tudo. Agora seus pés têm aspecto mais velho que seus chinelos. Antes, o contrário.

Não foram raras as vezes que já quase tropeçou ainda a reaprender os novos passos. *Velho é, todo dia, igual a criança aprendendo a andar.* Tinha raiva de pensar aquilo. Caminhava devagar. Não tinha mais pressa. Correr, agora, é apenas chegar mais perto da morte. E não seria assim sempre?

Chegava na sala. Passava pelo espelho. Não gostava de se olhar. Passava direto para a cozinha. Abria o armário. Chaleira. Fogo. Xícara. Voltava para a sala e se sentava no sofá. Esperar a água ferver. Silêncio. Naquele momento, nem os pássaros. Parecia que já haviam saído para viver. Ela ligava a tevê para esperar o noticiário matinal. Essa, a sua rotina de tanto tempo. *Quanto tempo era assim?*, talvez se perguntasse.

Mas naquela manhã, não ligou a tevê. Nem rádio. Nem sabia onde andava o celular. Não tinha para que ver o celular. Tanta gente lá dentro. Contatos com o mundo todo. Para ela, indiferente. O seu aparelho era leve. Vazio. Livre. Ela pensaria daquela forma, mas, naqueles minutos, não pensou. Só aguardou. Quase escuro, que aos poucos começou a ceder às frestas de luz que escorregaram para dentro de casa. Podia ser um excelente momento para pensar, refletir, lamentar, sonhar, sentir saudade. Nada. Apenas, nada.

Se perdeu, parece que de si mesma. Não teria já se perdido há muitas décadas? Não sabia. Não pensou. Nem perguntou. Só se perdeu no tempo. Nem o grito da chaleira a despertou.

Recordou que naquele mês estava acontecendo a copa do mundo de futebol. *Acho que é na Rússia!* Inevitavelmente lembrou de Miguel. Já nem sabia mais há quanto tempo não via o próprio filho. Único. Mais ninguém por ela. Veio a sua mente uma frase que leu num livro. A memória já nem sempre funcionava. E quando funcionava, não fazia sentido. "Eu não sou o 'nós' de ninguém". Esqueceu em qual livro leu. A frase é que teimou em emergir de dentro dela. Cansada demais para tentar entender os motivos. Sorriso entre esnobação e escárnio. Descaso. Despertou.

A água evaporou quase toda. Ranzinza. Palavrão. Colocou mais água. Mais tempo para esperar. Enquanto esperava, abriu um pão do dia anterior e, mesmo contrariando as orientações do geriatra, exagerou na margarina.

Pontualmente, o gato. Precisa dar um nome para ele. As garras irritantes tentavam rasgar a janela da cozinha. O código. Abriu a porta e ele não entrou. Sabia que não devia entrar. Ela odiava gatos. Ele se arriscou apenas chegar até a garagem. E lá, sentado, esperou. Ela voltou com uma tigela de ração. Sabor de frango, porque era o que ele gostava. Antes mesmo dela encostar o recipiente no chão, o felino já começou a devorar.

Preparou o café solúvel. Teve preguiça de fazer café coado. Sentou-se à ponta da mesa da cozinha, de onde conseguia ver o gato rapidamente limpar todos os grãos. Pensou qual seria o gosto daquela ração. *Será que tinha mesmo gosto de frango? Qualquer dia iria provar.*

Antes da segunda mordida no seu pão, o gato já terminara a refeição matinal. Ele se virou e olhou-a nos olhos. Todos os dias. O que ele procurava? O que ela esperava dele? Nenhuma reação de agradecimento. Indiferente, o gato fugiu pelas grades. Iria voltar depois para a refeição da tarde.

Súbito o susto. Todas as manhãs nos últimos três meses. Não se acostumou ainda. Os novos vizinhos do lado direito. Casal de jovens. O marido saía muito cedo para trabalhar; e o motor insuportavelmente barulhento da motocicleta rasgava a quietude. Mas ninguém parece ter coragem de reclamar. *Filho da puta!*

Em trinta *anos no mesmo lugar, a sensação é de que o tempo passa por você*, uma vez ela pensou isso. Não lembra se chegou a falar isso com alguém.

Não é mais muito de falar. Não tem paciência para as pessoas. E as pessoas nas casas que ela vê agora não são mais as mesmas, não são mais como antes.

De um lado, um casal jovem que cultiva algumas plantas de maconha no quintal. Subiram o muro para que ninguém bisbilhotasse. Mas todo mundo sabe. E a fumaça irritante que se espalha toda noite não engana. Ela conhece bem aquele cheiro. É quase cômico como as mesmas coisas que fazia quando jovem a irritam profundamente.

A vizinha do lado esquerdo, ela acha que nunca viu. Se viu, não lembra. Não dá para confiar na memória, principalmente quando é de algo insignificante. Tanta coisa parece ser insignificante com a idade!

Ela acha que quem mora lá é uma mãe solteira. Sabe que falar assim é errado. Mas, *Foda-se. Ela é velha, fala como quiser.* E, para ela, uma mãe que mora sozinha é uma mãe solteira. Num de repente, lembra. Uma vez o brinquedo do garoto caiu no seu quintal. Menino educado. Ela o deixou entrar para pegar. Estava assustado. Toda velha solitária e pouco sociável sempre alimenta as fantasias assombradas das crianças pequenas.

Na esquina de cima da rua, a única pessoa que ainda é do seu tempo. O filho mais velho de um casal que protagonizou, na época, um dos fatos mais escandalosos. O marido, depois que o filho mais novo, a exemplo do primogênito, saiu de casa para ganhar a própria vida, decidiu deixar a família para viver com outro homem. *Mais um filho da puta que abandona a mulher*, pensou na época. Depois que a esposa abandonada morreu, o filho mais velho voltou para morar na casa. Ela lembra dele ainda pequeno. Foi muito amigo de Miguel. *Como era mesmo o nome dele? Ah, André.* Será que eles ainda mantiveram contato depois?

Na casa da frente, Mel. Nas demais, não sabe. Não se importa. Numa das casas funciona uma lavanderia. E na esquina de baixo, uma quitanda. Não compra lá. Péssimas frutas. Além disso, prefere caminhar mais um quarteirão a dar abertura para vizinhos desconhecidos saberem da sua vida. Como se houvesse algo a saber.

Uma vez por semana, depois que voltava da academia de musculação, passava direto para a quitanda do outro quarteirão. Um pequeno mercado, na verdade. Escolhia as frutas e legumes mais frescos. Quando as compras ultrapassam cinquenta Reais eles entregam em casa. Quase sempre ela compra mais que isso só para evitar carregar o peso sozinha. Apesar da musculação, não confia mais tanto nos próprios músculos.

Enquanto aguardava as compras chegarem, molhava as plantas. Às vezes via o gato entrar num relâmpago por entre as grades, fugindo dos outros gatos. *Covarde.* Quase ri. Não quer rir há tempos. Jogava água nele. O máximo de ludicidade que ela conseguia com ele.

Naquela manhã, Mel fechou a porta de casa e saiu. *Bom dia.* Bom dia. *Legal a senhora cuidar do gatinho. Ninguém teve coragem.* Não tô cuidando dele. Ele que é teimoso e entra aqui à força. Qualquer dia jogo água quente nesse bicho. *Que maldade! Não faça isso.*

A conversa ficou pela metade.

Os aparentes descaso e irritação com o gato não convenceram Mel. Menos de uma semana depois, a cabeleireira foi surpreendida com sua campainha de casa tocando. Passava das oito da noite. Ela tinha acabado de voltar do salão. Dia cheio. Tudo que queria era só um banho e descansar assistindo a algum filme bobo na tevê.

Era a sua vizinha. A idosa que cuidava do gato. Ela trazia um olhar apreensivo, que denotou a urgência da situação.

Você pode me ajudar? Claro. O que aconteceu? *É o gato. Ele tá ruim.* O que foi? *Acho que se meteu em alguma briga. Sei lá. Só sei que ele passou o dia desaparecido. Não veio nem pra comer. Achei estranho. Cheguei até a pensar que tivesse morrido atropelado ou coisa do tipo, já que isso é bem comum com os bichos de rua.* Então, o que foi que aconteceu? Já tô agoniada. *Ele apareceu agora há pouco. Tá todo arranhado, cheio de ferimentos e com um dos olhos muito comprometido. Eu acho que ele vai perder aquele olho.* Meu Deus, o bichinho! Vamos lá ver o que dá pra fazer.

Apesar de arisco e assustado, o gato gostava muito de Mel. Era uma das poucas pessoas na rua por quem ele se deixava acariciar. Quando ela o viu, sentiu o coração gelar. O animal estava com o olho esquerdo muito machucado. E havia uma mistura espessa de sangue velho e sujeira sobre ele, dando um aspecto de podridão que a assustou ainda mais.

Mel o chamou. Ele, mesmo combalido, se acomodou entre suas pernas. Ela fez afagos com cuidado para não esbarrar nas feridas. Enquanto ela acalmava o coração dele, que ainda pulsava rápido e assustado, a dona da casa providenciou uma caixa para colocar o animal. Encontraram na internet o telefone de uma clínica veterinária que tinha uma urgência vinte e quatro horas. Mel levou a vizinha e o gato no seu carro.

Ele precisou se submeter a uma cirurgia. Mas que, naquele horário, não tinha como ser realizada. Teria que ser feita pela manhã. Ele ficou a noite internado. As duas vizinhas, então, voltaram para casa. Não trocaram muitas palavras. Uma ou outra menção aos outros animais de rua que perambulavam por lá. E que sempre tentavam atacar o gato.

Na manhã seguinte, após a cirurgia, a veterinária ligou para Mel. Ela estava no salão, mas assim que soube que tudo correu bem, passou na casa da vizinha e as duas foram buscar o animal, que continuava sem nome.

A cabeleireira fez questão de custear toda a despreza, mas a vizinha preferiu que o felino se recuperasse na sua casa. Ela argumentou que como ela não saía de casa mesmo, ficaria mais fácil de dar os remédios na hora certa.

Foram quase duas semanas para ele se restabelecer e voltar a dar seus passeios arriscados pelos muros das outras casas. Todos os dias Mel passava para ver o animal. E sempre perguntava se ela já havia escolhido um nome para ele.

Nunca escolheu. Mas ao ver ele deixar sua casa já recuperado, embora carregando as suas cicatrizes, ela sentiu uma sensação que há muito não provava. Era algo entre alegria e satisfação. Aquele animal irritante conseguiu arrancar um sorriso do seu rosto.

Sabe Ana, eu acho que, no fim das contas, o suposto "amor" que a gente sente por uma mãe é nossa primeira experiência com a Síndrome de Estocolmo. *Como assim? Que viagem louca é essa agora?* Sério. Para pra pensar. Na síndrome, a vítima tá ali, inserida num panorama de violência e intimidação por tanto tempo que talvez passe a nem perceber mais a dimensão disso. E aí começa a desenvolver sentimentos como amizade ou mesmo amor pelo seu opressor. Chega até a pensar coisas como "ele nem me matou, então no fundo deve ser uma boa pessoa. Só deve ter tido uma vida difícil". *Eu sei o que é Síndrome de Estocolmo, afinal eu sou psicóloga. Só não entendi bem a relação que você fez com a maternidade.* Tá, não tô dizendo que é assim com todas as mães. Eu sei que falo por causa da minha vivência particular. E você, mais do que ninguém, sabe como todas as nossas opiniões e tal são impregnadas por essas subjetividades individuais. *Exato. Por isso que fazer alguns tipos de afirmações como essa pode soar meio... errado.* Mas fodam-se as subjetividades. Pensa comigo. A primeira grande violência e privação de liberdade é quando a gente nasce. A gente já nasce dentro de uma prisão invisível na qual a gente não tem espaço pra se colocar. Somos tipo uma propriedade dos pais. *Não penso assim. Até mesmo porque um bebê recém-nascido não tem muita capacidade de se "colocar". Ele mais depende do que deseja.* Que seja. Mas esse bebê vai crescendo. E quando cresce, onde tá escrito que ele tem ainda que seguir as determinações que os pais impuseram a ele? *Não tô entendendo aonde você quer chegar.* Ana, a gente cresce se submetendo a tudo. Os pais definem nosso nome (e depois não dá mais pra mudar), definem nossas roupas, orientação sexual (ou pelo menos tentam), religião, tudo. Mesmo que durante o processo desse crescimento a gente nem concorde mais com isso. Mas até os dezoito anos, quando a gente finalmente pode ser legalmente livre disso, a gente tem que seguir. *Não é bem assim. Eu mesma não passei por isso.* Mas não conta. Você perdeu sua mãe muito cedo; e seu pai foi um cara excepcional para te dar todo o suporte emocional nesse processo. Mas entenda que nesse seu processo, ele teve que romper com algum modelo para olhar mais pra você do que pra ele. *Como assim?* Normalmente todos os pais seguem um modelo que diz que eles é que sabem o que é melhor pra seus filhos. Eles fazem as nossas escolhas. E com o tempo, passam a acreditar que podem e devem fazer isso sempre. Sempre serão a referência da sabedoria plena. Só que, ao fazerem isso, eles estão olhando apenas pra si mesmos. Não estão, na maioria das vezes, olhando pra o filho. Aquele filho que é diferente, que pensa diferente, que almeja outras coisas. Sei lá. Dá pra entender? *Dá sim. Mas é natural. Por isso existe a adolescência, pra gente romper com tudo isso e encontrar a própria identidade. Faz parte da evolução individual.* Eu sei. Mas porque isso tem que ser assim abrupto? Sabe por quê? Porque, antes, foi opressivo. A relação de amor com os pais é o nosso primeiro relacionamento abusivo. É o primeiro contato que temos com outro ser humano, e já é abusivo. Percebe? A adolescência é complicada e, quase sempre, conflituosa porque as portas estão trancadas. E não precisava ser assim. Basta olhar com respeito pra um filho dentro do seu processo de crescimento. Sabe? Deixar as portas abertas pra ele. Pra ele ser ele mesmo. Ninguém abre uma porta destrancada com um pontapé. A gente só arromba o que está trancado. Sacou? *Certo. E pra você, sua mãe foi essa porta trancada que te aprisionou?* Isso. Mais ou menos. *Mas você já cogitou a possibilidade de que essa tranca poderia ser uma forma de proteção pra você contra o que podia haver de ruim lá fora?* Mas quem disse que lá fora só tem coisa ruim? *O mundo é ruim. As pessoas são ruins. Acho que uma mãe, antes de tudo, preza apenas pela segurança do filho. Cuidar é um ato de amor.* Mas cuidar é totalmente diferente disso. E amor, mais ainda. Totalmente o oposto disso. Amor é liberdade. É conquista. Não é imposição. *Então você quer dizer que uma mãe que cuida de um filho não ama ele?* Não é isso. É que amar é deixar ir, deixar ser. *Mas então você acha que sua mãe não deixou você ser? É isso? Você se sentia sufocado?* Não. Pior que não é isso. Ela sequer se importava. Eu acho. *Como assim?* Ela só queria que eu estivesse ali cumprindo algum tipo de função dentro da vida dela, ou da casa, ou da família, sei lá. Sabe? Como quem chega em casa e te trata como quem programa um androide. Traça as diretrizes, determina as suas atividades, define o que você deve ou não deve pensar, sonhar ou qualquer coisa do tipo. Ela te coloca dentro de um modelo de programação que você não quer, mas que, por pensar que isso é cuidar, e por pensar que cuidar é amor, você não enxerga o tamanho dessa violência. *Você não acha essa palavra muito forte?* Não. É violência. Sufocar alguém dessa forma é violência, sim. Só que velada, dissimulada e diluída nos anos. Sabe aquela gotinha que vai caindo todo dia no mesmo lugar por décadas. Você nem percebe, mas no final tá lá um buraco enorme, impossível de fechar. *Entendi.* Ela era isso, sabe. E nem carinho me dava muito, pra balancear minimamente as coisas. Nunca foi de afetos. Acho que por causa do pai dela. Meu avô era um escroto. Mas ela ainda defende ele até hoje. *Mas você devia ser um pouco mais tolerante e compreensivo, não acha?* Teve um tempo que tentei. E não adiantou. Sem falar que, com o tempo, eu entendi que eu não tenho que pagar pelo mal que o pai dela fez pra ela. Se ela não teve afeto, hoje, adulta, é uma escolha dela perpetuar esse comportamento ou mudar ele. Sabe, meu pai também não teve muito afeto dos pais dele. Naquela época era assim mesmo. Mas ele escolheu me amar. Sabe? Dar carinho, participar da minha vida. Passava horas conversando comigo sobre desenho animados ou heróis de quadrinhos. Porque ele escolheu isso. *Mas seu pai num abandonou vocês?* Ele abandonou ela. E ele teve os motivos dele. Não tô dizendo que ele era santo. Mas mesmo depois que ele foi embora, a gente se via constantemente. Me arrependi muito de não ter ido morar com ele. Mas aquele acidente... *Eu sei. Eu entendo. Mas você era muito jovem pra poder processar essas coisas.* E sabe o que é pior? Quando eu falava pra ela que ela nunca me deu afeto, sabe o que ela dizia? Que eu era um filho ingrato. Que não reconhecia os sacrifícios que ela fez por mim. Porra! Um filho não quer o sacrifício dos pais, ele quer é amor, atenção. Sabe? E ela ia ainda mais longe. Chegou um tempo que botou na cabeça que eu era transtornado. Que eu tinha algum problema mental. A gente rodou vários psiquiatras até ela encontrar um que concordasse em me medicar. Às vezes penso que ela fez isso só pra eu não afrontar mais ela. Sei lá. Tipo, ela poder chegar em casa e ter ali só um boneco manso obedecendo os comandos dela. Um bolo de carne oco de sentimento. *Você sabe que, pra mim, ouvir essas coisas é difícil, né? Perdi minha mãe muito cedo e naturalmente tenho a predisposição de achar que quem reclama da própria mãe, por exemplo, está reclamando de barriga cheia. Sem falar que gosto muito da sua mãe. Me compadeço dela. Algumas histórias que ela me contou de quando era jovem. Ela também sofreu. Todo mundo sofre.* Mas só porque você sofreu, isso não te dá direito de fazer os outros sofrerem, principalmente seu próprio filho. *Mas você acha que ela faz isso de propósito?* Importa? Pra quem tá apanhando, importa o que causou a dor dele? Ou importa só as sequelas que essas pancadas vão deixar? Eu acho muito covarde essa desculpa de usar o seu sofrimento passado pra justificar o mal que você causa aos outros. Eu passei por toda essa merda na minha cabeça, mas eu escolhi, por exemplo, tratar você bem. Porque você não me fez nada. Você só queria meu afeto. E eu te dei. Simples assim. Quando eu, criança ainda, quis o afeto dela, ela se fechou nesse mundo de desculpas dela pra me virar as costas. E parece que depois que meu pai foi embora, ela passou a ter raiva de mim. Como se a culpa fosse minha. Sei lá. *Vem cá, vamos deixar esse assunto pra depois. Não tá te fazendo bem.* Nunca me fez bem. *Eu sei.* Agora você entende o que eu falei sobre a Síndrome de Estocolmo? É isso. Por muitos anos eu vivi achando que eu amava ela, que tinha que amar ela, porque eu tinha que ser grato, porque ela me dava comida, roupa, abrigo, remédio. Quando eu era pequeno, eu achava que o que eu sentia por ela era diferente do que eu sentia pelo meu pai, mas não me arriscava a falar nada. Achava pecado não amar uma mãe. Como se o vínculo sanguíneo fosse uma garantia de amor. Não havia amor ali, nem em mim para com ela, porque com o tempo desisti de buscar isso; nem dela para comigo, porque, no fundo, acho que ela nunca soube o que é amor. E depois do acidente, fiquei com ela por remorso, pena, medo, sei lá. Ainda bem que você apareceu. *Eu te amo, Miguel. Mas tenta não pensar muito nisso. Pensa que a gente tem muita coisa pela frente pra viver. Deixa o que passou pra trás. Não falo de perdoar ela. Falo de você perdoar a si mesmo. Porque, às vezes, eu sinto que você carrega alguma culpa por tudo isso, que não consigo entender ainda. Mas se liberte. Se perdoe. E olhe pra frente. Daqui a pouco nossa filha vai nascer, e você vai poder mudar tudo. Vai poder fazer a escolha que sua mãe não fez. Mas pra isso, você também precisa dar um passo a mais. Pra frente! Pra longe desses sentimentos. Senão você vai acabar igual a ela, sem se curar de suas dores. E o resultado vai ser, inevitavelmente, se tornar alguém igual a ela, descontando involuntariamente, inconscientemente, tudo nas pessoas que te amam. E eu te amo. Não quero ter que arcar com esse tipo de coisa.* Ana, definitivamente, você foi a melhor coisa que me aconteceu, sabia?

Quando Miguel conheceu Ana, devia estar no terceiro ano de faculdade. Vinte e tantos anos e muitos sonhos pela frente. Mas a história deles não teve nada de mais bonito. Apenas amigos em comum que decidiram apresentar um ao outro. Ele, sempre tímido. Introspectivo. Sempre foi de poucas palavras e poucos amigos. Como se a ideia de se relacionar com outras pessoas o incomodasse de alguma forma. Ela, quase concluinte do curso de Psicologia, falante, empática e amável. Quase boba. Uma coisa que ele achou estranha no começo.

Ele, durante todos os anos que permaneceram juntos, lembrou do cheiro do cabelo dela naquele dia.

Era como se a única memória que tivesse ficado forte fosse aquela. O perfume. Todas as vezes em que se esforçava para recordar aquele momento, ele se perde; e cria na própria cabeça diversas versões para si mesmo. Tantas que perdeu a total noção do real. *O real é uma construção íntima*, Ana sempre dizia. Ele nunca entendeu. Só conseguia lembrar daquele cheiro suave, que entrava por todos os poros do seu corpo e se impregnava nele todo, uma simbiose de sensações. Várias vezes tentou descrever para ela aquele cheiro. Não conseguia. Não havia no seu acervo encurtado de significações palavras que pudessem dar uma noção mais precisa. Falava apenas que era algo entre o doce e o intenso. Uma sensação que acalma e excita; que afaga e instiga. E eles riam. Felizes.

Encantamento, não imediato, construído; ainda mais porque ela não se encantara. Não no começo. Ao contrário dele, carente, Ana apenas gostava de conversar com Miguel. A introspecção era, para ela, algum tipo de mistério que a instigava a desvendar. Mas com o tempo, pouco tempo, esse desbravar de sentimentos reclusos no peito dele, levaram Ana a se envolver com cada entrelinha não dita nas palavras daquele jovem intrigante. E ela sentiu carinho, talvez amor. Mas era ainda muito cedo para dizer. Apenas se permitiram acontecer, como se alguém realmente tivesse poder ou discernimento para permitir ou não permitir algo quando os sentimentos e os hormônios estão em evidência. O complexo da simplicidade. Inútil entender. Mais inútil pensar. Viver era sentir. E eles sentiram um pelo outro.

Mas a ideia de ver Miguel cada vez mais se absorvendo num relacionamento, num fim de faculdade, em sonhos conjuntos com uma mulher jovem, com a possibilidade de ele simplesmente ir embora, assustou sua mãe.

Até então ela nunca havia pensado na velhice e na solidão. E teve medo. Porque, no fim das contas, todo mundo tem medo dessas duas coisas. Ver os filhos saírem de casa é um processo que desperta orgulho e felicidade; e até mesmo uma certeza de preenchimento de alguma satisfação paterna ou materna por sentir que cumpriu seu papel, que logrou êxito numa missão difícil e custosa, embora ao mesmo tempo prazerosa. Pelo menos era assim que devia ser. É assim que é para quem tem uma relação materna bem estabelecida. Ela não sentiu isso. Ela teve medo do abandono. Mais um homem da sua vida que iria embora. Sozinha.

Quando viu Ana pela primeira vez, não sentiu raiva ou ciúmes, ou qualquer dessas reações clichê de comédia romântica. Ela apenas sentou e conversou. E para a surpresa de Miguel, em pouco tempo estavam íntimas. Uma intimidade que mesmo ele, filho, nunca teve. Por um lado, ficou feliz. Saiu da mesa do restaurante onde almoçavam com uma desculpa qualquer e ficou observando de longe. Encostou na mureta do alpendre, na área de fumantes. Não fumou. Odiava cigarros. Mas permaneceu ali. Estava de costas para a vista do mar. Indiferente à crônica cotidiana de uma olhada panorâmica pela orla. Não viu as crianças, os casais, os vendedores gritando sob o sol, o bronze das meninas, nem o assédio desmedido dos meninos. Não viu nada daquilo. Ele olhava para a mesa lá dentro. Duas mulheres. Um encontro de tempos, algum tipo de sortilégio que fazia chocar no mesmo instante passado e futuro. E ele não conseguia identificar nada, em nenhum dos lados. Sentia um vazio. Dois. Diferentes. De um lado pela incerteza do que viria. Se é que viria. Do outro, ausência. E, por um instante, pensou que é muito mais fácil preencher o vazio do que ainda estar por vir. Mas o que passou é mais complicado. Ao contrário do que diziam para ele, o que passou não era para ser deixado para trás simplesmente. Não conseguia. *Alguém consegue?*, poderia ter se questionado. Aquele vazio passado talvez fosse o mais importante de preencher. Ele não sabia com que tipo de matéria bruta deveria fazer isso. Aplainar um relevo pedregoso, pontiagudo. Quase sentiu raiva, mas logo se perdeu no sorriso tímido, de dentes levemente tortos e proeminentes de Ana; que, junto a sua pele negra e vistosa, visivelmente lisa e macia, dava a ela aquele aspecto eternamente pré-adolescente. Como se ainda carregasse consigo algum resquício de pureza de sentimento. Algo que o encantava.

Ana, enquanto conversava com a futura sogra, corria os olhos pelo restaurante. Até que encontrou Miguel lá, de costas para o mar. A mãe nem se deu conta de buscá-lo, entretida nas histórias sobre si mesma. Devia estar falando de suas aventuras como revolucionária durante a ditadura. Adorava contar aquilo. Mas Ana, mesmo gostando de ouvir aquelas narrativas, precisava dele, queria ele. Vasculhou com o olhar todo o ambiente e, ao olhar o meio sorriso de Miguel, acalmou o coração. E, para ele, foi como se sentisse a segurança de um sentimento que ainda estava aprendendo a reconhecer. Amor?

Desde Mauro, a visão dela sobre o processo político no país e, especialmente nas pessoas, ganhou outra perspectiva. No começo, nos anos da rebeldia e da resistência aos militares, ela ainda se permitia sonhar. Os discursos de Mauro conseguiam alimentar nela um tipo de esperança que agora ela pensa ser quase infantil. Mas o tempo, o adeus prematuro, o retorno para uma vida sem sentido e sem sentimento, fizeram aquela esperança pueril se pulverizar.

E foi como se, junto com ela, tivesse ido embora também qualquer vontade maior de sentimento. Como se não valesse mais a pena sonhar. Escolheu, consciente ou involuntariamente, não sabia, o arrefecimento. Em tudo. Na escola, onde começou a dar aulas depois da formatura (e onde se aposentou décadas depois), os debates com os colegas sempre lhe causavam enfado. Como se, para ela, tudo parecesse inútil. De certa forma, sempre foi. *A gente tá aqui no estrato social mais raso, num esforço sobre humano pra se manter vivo. Como se a gente estivesse num oceano. Ao redor, só água e tubarões, nenhuma terra à vista. E a gente tem que se movimentar o tempo todo pra não afundar. O trabalho é isso. Esse movimento diário e inútil, porque uma hora os braços e as pernas vão cansar. E aí você afunda e é devorada pelos tubarões. E naqueles segundos antes de tudo acabar, você vai pensar, "que merda de vida!". É por isso que eu não perco mais meu tempo discutindo nada. Nem política, nem economia, nem nada desse universo do qual não faço parte. O qual eu não posso sequer influenciar. A gente tá no meio dos anos noventa, e vocês ainda acreditam que podem fazer a diferença?! O que penso sobre os processos de privatização desse governo não importa, porque eles vão privatizar mesmo que eu seja contra. Entende? Sou só o náufrago se debatendo pra sobreviver enquanto discute qual dos iates que estão passando lá longe é o mais bonito.*

Para ela, tudo era daquele jeito. Só seguia sem saber porque seguir. Sem aspirações, sem sonho, sem amor. Nada. Vazio. Como se ao longo dos anos, ela fosse se despindo de si mesma, até chegar aqui, agora. Por isso não gostava de se olhar no espelho. Mas hoje, está ali, diante do seu reflexo.

Vez por outra lembrava daqueles anos quando o pai sempre perdia seus bolos de aniversário. Ela nascera numa véspera de feriado, seis de setembro. E o pai sempre esticava o papo no bar por causa disso. Nunca quis admitir, porque isso seria se ferir ainda mais, que os amigos de boteco eram apenas a fuga dele. Fugia dela também? Não queria admitir. Assumir que seu pai, seu sangue, que, pela lei natural, seria uma das pessoas que a amariam incondicionalmente, preferia se ausentar a ter que cortar bolos de aniversário com ela. Seria uma dor que ela preferia não enxergar, embora sentisse.

Não. A culpa não é dele. É esse feriado de merda. A culpa sempre está lá fora. Talvez por isso ela cresceu com um ódio escancarado por esse patriotismo falso e assassino. O mesmo patriotismo ditador que levou Mauro embora.

E quando o regime caiu, ela não comemorou. Já havia perdido algo de si muito importante. Viu a anistia, mas teve que ver seu pai morrer agonizando numa cama, amputado, e defendendo o regime militar. Agora, tantas décadas depois, ela pensa que seu pai era a alegoria perfeita para a sociedade atual, que esbraveja a volta de militares e apoia candidatos conservadores oriundos das Forças Armadas para presidência da República. Ela tem nojo.

Naquela tarde, ela estava de saco cheio e não foi para o grupo da terceira idade que passou a frequentar por orientação do seu médico. Ficou em casa. Cuidou do jardim, enquanto enxotava o gato, irracional, que sempre se chegava perto na tentativa frustrada de um carinho. *Sai daí, já botei sua comida. Sai.*

Voltou para dentro de casa e tomou um banho demorado. Sempre gostou de banhos demorados. Como se a água pudesse lavar mais do que seu corpo.

Não costumava se olhar tanto, ainda mais sem roupa. De alguma forma ela tinha algum tipo de aversão à sua própria decrepitude. Observou os dedos das mãos já com as deformidades da doença. E enquanto sentia a água morna escorrer pelas suas costas, pensou nos braços de tantos homens que um dia a desejaram. Pensou em Mauro. Pensou em Marcus. Pensou em tantos. Será que eles ainda continuariam a desejá-la se estivessem com ela até agora?

Não conseguia conceber a ideia de libido na velhice, embora ela mesma sentisse desejos ainda. Não tinha nada a ver com sentimento. Sabia disso. Era físico. Queria tocar, ser tocada. Desejo. Lembrou das mãos. Várias delas. Todas elas ao mesmo tempo. Num sortilégio quase concreto que se realizava no espaço incompreensível das subjetividades da imaginação. Todos a tocando ao mesmo tempo. Ela sentia o peso do tato sobre seu corpo. A intensidade de seus anseios. Mãos nos seios. Boca. Muitas delas. Um distorcer e contorcer de corpos sobre seu corpo. E ela, como se possível fosse, olhava de longe e não conseguia se ver naquele desenho de cores e lascívia. Não se encontrava, mas sabia onde estava, onde desejava estar. Queria cada corpo sobre o seu. Diante dela, em cima dela, atrás. Em tudo que a fazia se sentir ela. Mulher ainda.

Era como se pudesse sentir o cheiro do sexo, seu sexo, todos os sexos. Os pelos se eriçaram sob a água, que insistia em percorrer seus recantos sem pudor. Violando, permissão para ser, sentir. Invasão fálica. Os olhos cerrados com força, prazer e medo de sair daquela ilusão. Preencheu-se de si mesma. Metáfora. Literal.

Os dedos deformados já não eram mais tão odiados. Na fealdade das linhas distorcidas de suas falanges, ela encontrou o prazer. Reencontro. E provou. E se provou. Seu gosto. A língua sentiu o amargo que trava na garganta. E todos os homens, em sonho, ilusão, tão reais, se deliciavam. Paladar de veleidades. *O sexo tem que ter gosto*, ela diz. E eles provam, sorvem tudo nela.

A respiração, de súbito, após o gradual inflar de sensibilidades em todas as partes de si mesma, cessa. Frações de segundos de silêncio. Apneia lúbrica. Apenas para sentir. Saber que ainda está viva.

Naquele corte temporal incompreensível, ela percorreu, num acelerar de cenas e sensações, todos os corpos que já foram seus. Ao final, deparou-se consigo mesma nua, desmascarada. Sempre, só no sexo, sincera consigo mesma. E se encarou e se excitou e se tocou ainda mais. E beijou seus próprios lábios. E ressurgiu. Arrastada. A respiração voltou num exaurir de forças, esmaecer de satisfação. As pernas, já velhas, exaustas, estremeceram e quase falharam. Ela riu, pensando que uma queda naquela idade poderia ser mortal. *E seria vergonhoso ser achada nua dentro do box do banheiro com mão na buceta.*

Depois do banho, vestiu um vestido azul, que se estendia até pouco mais que os joelhos. Queria se sentir confortável. Trancou a casa e saiu para caminhar até a padaria. Hora da sua sopa. Passou antes na loja de ração e olhou pela vidraça do salão de Mel. Sempre linda. Não queria admitir a inveja; ou talvez, desejo. Ainda não sabia definir. Nem queria perder tempo pensando naquilo.

Mel retribuiu o olhar. Sorriu. Encanto. Ela cortou o contato visual e saiu rapidamente em direção à padaria, enquanto, mais uma vez, Mel deixava escapar um riso curto de carinho. Quase compaixão.

Na padaria, como sempre, ela pediu sua sopa, sentou junto à mesa que fica de frente para a tevê e se fechou no seu isolamento. Normalmente, ela nem dava muita atenção ao que passava nos programas, gostava apenas do barulho. E fingia, quase sempre, estar concentrada nas notícias só para que ninguém fosse importuná-la com conversas aleatórias.

Mas naquele dia, a tevê estava noutro canal. Alguma dessas emissoras por assinatura, especializadas em notícias. Ela sabia que o ex-presidente da República havia, finalmente, se entregado à Polícia Federal. Mas se chocou com a mobilização social que aquilo gerou.

Há muito tempo que ela não se importava com debates políticos. Mas aquele fato lhe foi marcante. A última vez, depois de anos, que ela sentiu alguma vontade, ou mesmo impulso, de se aproximar das notícias políticas no país foi quando elegeram, pela primeira vez, uma mulher para a presidência. Sucessora do ex-presidente que se entregava na tevê. Empolgou-se não apenas porque tinham elegido uma mulher, mas uma mulher que ela admirava; que, como ela, foi uma revolucionária que enfrentou os militares assassinos; e que, mesmo submetida à tortura e à violência, não desistiu. Naquele ano em que ela viu a presidenta (como a ex-revolucionária gostava de ser chamada) subir a rampa do Palácio do Planalto, ela teve esperanças.

Nunca foi muito fã da esquerda partidária brasileira, há muito ela havia desistido daquela "falácia", como gostava de dizer. Para ela, a esquerda no país só chegou ao poder porque resolveu deixar de lado muitos princípios fundamentais à luta pelas classes menos favorecidas. Por isso ela não era tão afeta ao ex-presidente que ali ela via, na tevê, sendo conduzido para a prisão. Ele flertou com os corvos e foi devorado por eles. *Não se alimenta os corvos, porque eles sempre vão te trair*, Mauro falou uma vez.

Mas com a presidenta era diferente. Ela não tinha aquele perfil maleável e malicioso. Era uma mulher de força. *Revolucionária*, como ela. Gostava de repetir isso na sua cabeça. Mas o sistema não permite revoluções. E, quase que exatamente dois anos antes da prisão que ela assistia na tevê, um golpe sujo sufocou qualquer esperança nela. *Não foi só um golpe contra uma mulher, foi o início do fim. A derrocada da democracia*, ela comentou consigo mesma na época.

Ao ouvir, durante a votação pelo impeachment, um dos deputados enaltecendo como herói um torturador condenado, ela desistiu. Ela ouviu todos aplaudindo e se espantou. Ali, ela entendeu que não havia mais o que se fazer.

Em outros tempos, por muito menos, as ruas estariam cheias de jovens com ideais na cabeça e armas na mão para combater os inimigos da liberdade. Ela gostava do som daquelas palavras. Mas agora, talvez seja difícil identificar os inimigos; ou talvez seja só a apatia social imposta por um sistema que dissimula a opressão que finalmente venceu. Ela estava apenas cansada de tudo.

Olhou a multidão cercando o ex-presidente, uma cena plasticamente linda. Uma ótima capa de jornal, como se jornal de papel ainda importasse. "A queda da democracia", pensou nessa manchete em algum jornal de oposição. O povo em lágrimas levando seu herói para as masmorras dos corruptos. *Mas não era bem assim*, ela refletia. *Neste país não tem heróis, nem democracia. Há projetos de tomada e perpetuação do poder nas mãos de poucos, ora pendendo para um lado, ora pendendo para o outro. Mas no meio, conduzindo essa gangorra eleitoral, os mesmos pilares do empresariado corrupto capitalista e mau caráter.*

Ela nunca achou o ex-presidente um herói, nem mesmo honesto. Na verdade, tinha um tipo de ranço dele. Sempre, desde quando ele se candidatou pela primeira vez. Nunca soube explicar aquilo. Mas aquela cena de sua prisão, a forma como o processo foi descaradamente conduzido por instituições como o Ministério Público e o Judiciário, que deveriam zelar pela imparcialidade, deixaram-na profundamente irritada.

A questão maior não era se ele era honesto ou não. Uma investigação séria certamente provaria uma coisa ou outra. A questão, para ela, era que tudo, todo o circo montado, não passava de uma manobra meramente política, eleitoreira. Aquela prisão não tinha nada a ver com um combate à corrupção. *Se fosse isso, porque as investigações e prisões eram tão seletivas?*, ela mentalmente se questionava.

Para ela, aquela prisão tinha um único motivo: tirar do processo eleitoral deste ano, o ex-presidente, que apesar dos escândalos, e de estar inelegível pelas condenações que sofreu, ainda tinha o enorme poder de mobilização social num palanque. Processo esse no qual ela via nomes ultraconservadores, de uma ideologia corrupta e nociva, assumirem o protagonismo. Como aquele mesmo deputado inepto que enalteceu o torturador.

Quando pensou naquilo, foi como se o pouco das forças que se revigoraram nela com a eleição da ex-presidenta finalmente tivessem sido dizimadas.

Desistência. Arrefecimento. Tristeza. Não sabia bem o que sentir. Apenas baixou a cabeça e lamentou, enquanto ouviu a comemoração daquele mesmo homem que sempre provocava todo mundo na padaria com seus discursos pró-militarismo. Sua vontade era enfiá-lo em um pau de arara para dar choques elétricos nos seus testículos.

Não podia mais. Estava velha. Às vezes, sem forças mais nem para discutir.

Voltou para sua sopa, sentiu as lágrimas encherem seus olhos, mas não as deixou caírem. Pensou em Mauro. *O que será que ele tem a dizer sobre isso tudo? Se é que ele sobreviveu.*

A ideia de ter uma neta, por algum tempo, distraiu-a de suas dores. Como se aquela nova vida fosse trazer também para ela uma nova existência particular. Não sabia explicar. Como se algo surpreendente estivesse para acontecer. Prestes a mudar tudo. E as pessoas sempre acham que toda mudança é para melhor.

Talvez ela nutrisse inconscientemente a esperança já envelhecida de deixar muita coisa ancorada no calabouço de um passado sombrio, que ela não queria mais. Não servia mais. O novo. *O novo sempre é melhor*, pensou.

Estava com pouco mais de cinquenta anos. Nas contas dela, mais da metade da sua vida já se passara. Evitava fazer os inventários existenciais que essa fase sempre traz consigo. Para ela, repensar suas dores seria reviver cada uma delas. Não tinha para quê fazer aquilo.

E as alegrias... Eram um assunto nebuloso. A sensação que tinha, já naquela época, era de que o tempo simplesmente passou, enquanto ela apenas o seguia; ou permanência estanque. Imóvel dentro de si. Pedra. Carcomida lentamente pela erosão. Tempo.

Cláudia, sempre otimista, era seu contrapeso. Equilíbrio. Mesmo com tantas dificuldades que enfrentara, ela, ainda assim, escolhia enxergar nem que fosse os poucos momentos de felicidade cotidiana. Ela sempre dizia que ninguém é só triste. *Todo mundo tem aqueles pequenos fragmentos de alegria. Eu tento lembrar só desses. Porque são esses que importam no fim das contas. E você, minha amiga, tem muita coisa boa, sim, pra lembrar.*

Sorriso amarelo. Queria usar as lentes coloridas através das quais Cláudia enxergava a vida. Uma vez sua amiga falou que chega uma hora na vida em que a pessoa escolhe se quer ser feliz ou triste. Não conseguia admitir que as coisas eram tão simples. Além disso, não gostava de pensar sob aquela perspectiva, porque fazia ela ter a certeza de que seus infortúnios foram, em parte, resultado de suas escolhas. Como quando Miguel lhe disse, certa vez, que cada um escolhe o papel que quer desempenhar na vida das outras pessoas. Depois de tanto tempo, ela ainda se perguntava se foi ela mesma escolheu manter a distância afetiva ou se não teve escolha.

Ninguém ocupa o lugar de ninguém. Seu Marcus só ocupou o lugar dele de pai. E ao fazer isso, ele não estava te excluindo do processo. Mas desde muito pequeno, Miguel sempre preferiu ele.

Marcus era mais divertido. Quase bobo. Mas as crianças gostam disso. Era insuportável. *Mas esse era o diálogo dele com Miguel. Talvez tenha faltado à Senhora estabelecer o seu próprio diálogo com ele.* Mas eu tentei. Fiz várias coisas por ele. Eu lembro que no jardim de infância eu sempre fazia fantasias diferenciadas pra ele no carnaval ou nas festinhas da escola. Eu chamava ele pra passear, queria viajar pra gente conhecer outras cidades, museus, essas coisas. E nas poucas vezes que viajamos todos juntos, ele só ficava com o pai. A gente no Museu do Ipiranga vendo um monte de coisa interessante e ele só queria dar risada das piadas que Marcus fazia com os personagens dos quadros. Aí era difícil de competir. *Mas quem disse que isso é uma competição?* Ah, Ana, pra você é fácil falar. Mas já já sua filha vai nascer, e aí você vai ver que acaba existindo, sim, uma competição. Não tem como... *Olha, realmente não tenho experiência ainda com a maternidade. E sei que todas as teorias que aprendi não substituem a vivência. Mas quando falo essas coisas, não falo como psicóloga, falo como esposa e amiga de Miguel. Eu conheço seu filho. Às vezes, eu acho que até melhor que ele mesmo. E sei que esse abismo que se criou entre vocês não foi escolha dele. Filho nenhum acorda e diz "eu quero riscar minha mãe da minha vida". Não é assim, é um processo.* E você acha que uma mãe também diz isso? Que quer simplesmente riscar um filho da vida dela? *Não. Claro que não. Mas percebe que é bem diferente? Porque uma mãe, ou pai, é um adulto, com discernimento muito maior do que uma criança em processo ainda de amadurecimento. Então, mesmo que essa criança quisesse ser "ruim" e escolher riscar uma mãe da própria vida, ele nem saberia como. Tudo que ela quer é que os pais, os dois, cada um a seu próprio modo, preencha os espaços que estão abertos.* Você tá dizendo que a culpa é minha? Eu que sou a mãe megera que odeia o próprio filho? *Não é isso. E é também. Numa relação sempre há culpa e responsabilidade pra todos os lados. A diferença é que entre pais e filhos, as crianças não têm ainda maturidade suficiente pra refletir. São apenas emoção pura. E acabam não entendendo as coisas com clareza. E eu sei que a Senhora teve seus motivos pra não conseguir ser tão próxima dele como Seu Marcus era. E eu sei que a Senhora, a seu modo, se esforçou. Mas talvez esse seu esforço tenha levado em conta apenas a sua perspectiva própria. Eu gosto muito de uma frase que diz que "amar é olhar o outro". E talvez tudo que a Senhora tentou fazer por Miguel tenha sido coisas que achou que ele gostaria. Mas com o tempo, e enxergando seu filho como um ser dotado de identidade própria, de desejos e sonhos próprios, a Senhora pudesse se esforçar pra estabelecer com ele esse diálogo. Mas, dessa vez, sob as perspectivas dele. Afinal ele era a criança. Entende?* Isso é muito bonito de falar, mas na prática não é assim tão simples. Hoje… Não só hoje, há muito tempo, eu tento estabelecer esse diálogo com ele. Desde que Marcus foi embora. Mas Miguel não quer. Ele que escolheu fechar as portas pra mim. Hoje ele não é mais nenhuma criança, e ainda assim é desse jeito. *Mas as marcas de relacionamento ou da falta dele são profundas, ainda mais quando vêm desde a primeira infância. A forma como a gente se relaciona, ou não se relaciona, com os pais, é o que vai definir todas as formas como a gente vai se relacionar com as outras pessoas, com o mundo ou com a gente mesmo.* Mais palavras bonitas apenas. *Não seja tão ranzinza. Eu sei que a Senhora tem um coração bom. Só Precisa de orientação. Como todo mundo. E não pense que seu filho te odeia. Ele só não tem o hábito de se abrir com a Senhora.* É o que eu disse. Ele que fechou a porta pra mim. *Concordo. Mas em parte.* Como assim? *Desde sempre a criança Miguel estava lá na porta, esperando a Senhora e Seu Marcus passarem por ela pra entrar no mundo dele. Mas por algum motivo a Senhora não entrava. Passava na frente, olhava pra ele ali na porta, mas não conseguiu ultrapassar; e ele ficava triste. O exercício da frustração. Mas instintivamente, todo mundo cria seus próprios mecanismos emocionais de defesa. Ninguém quer sofrer. E com o tempo, Miguel deixou de olhar pra essa porta aberta. Porque passou a não nutrir mais esperança da Senhora passar por ela. Ainda mais porque ele via como era simples isso. Já que o pai dele, sem hesitar, passou. Entrou no mundo dele. E aí, um dia, ele apenas fechou a porta.*

No espelho, a coloração arroxeada ao redor do
seu olho parece começar a incomodar além da dor.

Dor física. Na verdade, sempre foi muito resistente à dor física, embora nunca tenha precisado passar por muitas situações que lhe colocaram à prova.

Mas era da dor interna, invisível, que ela tinha medo. Talvez não medo. Mas o fato de que ela nunca soube lidar com aquilo. Fugia. Sempre. Como se houvesse modos de fugir do que se sente.

Observa sua imagem refletida de novo. Decrépita. Quase enojada de si mesma. Não sabe o motivo. Apenas um súbito regurgito a acomete, quase vômito. Expelir algo de si. Medo de ser ela por inteira. Cerra os dentes. Força. Contrair os músculos da face acentua a dor física. Ela insiste, como se assim pudesse desviar o foco do sofrimento interno, íntimo, emocional, para o físico, que ela já sabia como lidar. Suportava.

Pensa em tanta coisa. Tanta gente. Todos que, como o tempo, com o tempo, passaram por ela; e ela, talvez, nem se deu conta. Pensou no seu falso idealismo. Aonde ele teria a levado? Qual sua parcela de culpa no que agora se proliferava no país?

Eu sou uma fraude, ela pensa. E esse pensamento, embora tenha a ver com suas motivações políticas, tem, para ela, um significado bem mais amplo. A vida; ou talvez o fim da vida. *A vala podre onde todos são depositados no final das contas, só para servir de comida para vermes.* No final, tudo parece ter sido inútil.

Com o tempo, ela deixou de crer em deuses e vidas para além. *Babaquice pra enganar crianças e imbecis.* Agora, no fim tão próximo, *Pra que tudo isso?* Viver tanta coisa, para nada fazer sentido. Desperdício. Agora, talvez, o exercício diário seja buscar seus motivos no baú empoeirado das lembranças que se despedaçam. Razão para viver, como fala aquela música de que ela gosta. Não lembra mais o resto da letra. Razão para ter vivido.

Passeio por um entrecruzar de caminhos, estradas de memórias redesenhadas pelo tempo, nenhuma verdadeira, todas reais. Está cansada. Afrouxa a tensão na mandíbula. A dor no olho ameniza. Não quer mais sentir dor. Ninguém nunca quer. Mas parece que quando não está sentindo isso, não está sentindo mais nada. Vazio. A dor em si passou a ser sua forma de existir. A forma de saber que ainda está viva. Mas viver em dor (como viver apenas em alegria) é não viver. Prisão sem muros erguida no terreno incerto e insólito da psique de cada um. Incompreensível.

Com o dedo, aperta o hematoma. A dor deixa rolar uma lágrima involuntária. Tem vergonha. Ninguém está olhando. Quer se esconder. Ninguém está olhando. Há muito tempo que ninguém está mais olhando. Todos se foram. Restou abandono e violência. E lamentos. Está triste, profundamente triste. Não sabe o motivo. Sabe o motivo. Apenas quer chorar. Vomitar, expelir. Expurgo de si mesma. Não consegue. Vergonha. Medo. Arrefecimento. Quer sumir. De novo. Ir para onde? Não sumir assim, numa existência física. Sumir no sentido mais amplo. A morte absoluta de Manoel Bandeira. Ela sabe que, se o fim chegar agora, será assim, nem a sombra de um nome para ser lembrado. Todos foram embora. Está sozinha, no sentido mais completo que isso possa significar.

Quando não há para quem dar adeus, tudo parece mais triste.

Poucos dias antes de receber o soco no olho esquerdo, ela lembrava, num desses absortos momentos matinais, do dia que contou para Marcus que estava grávida.

Se pudesse escolher um instante em que ela conseguisse dizer que foi feliz, plenamente feliz, seria aquele. Em todos os outros momentos que ela recorda, nos quais se sentiu bem, seja por prazer, por liberdade, por rebeldia ou mera satisfação, ela sabia exatamente dizer o que motivava cada sensação positiva que experimentara. Mas ali, naquele dia, quando recebeu a confirmação do exame de sangue, ela não pensou. Até agora não sabe explicar. Apenas se sentiu bem. Feliz. Tão feliz que não conseguia entender. Espantou-se com aquilo. Chorou copiosamente quando Marcus a encontrou no restaurante onde costumavam se ver. O mesmo onde conheceu Ana tantos anos depois. Olhava o mar e não sabia o que via. Apenas queria sentir a sensação de amplidão que só o mar e os sonhos por vir, fornecem. Felicidade. Quando a incerteza da vida se torna linda. Os motivos para sorrir, ter esperança, sonhar, vêm quando não se sabe o que vai acontecer.

Ela e Marcus se olharam, ambos mergulhados na alegria salina que transbordava do olhar dos dois. Olhares que não se largaram. Fixos um no outro. Um diálogo silencioso. Ninguém precisa de palavras para sentir. Gosta de lembrar disso. Se pudesse, ela se ancoraria naquele instante. Sem nunca mais ir adiante. Estática. Seu refúgio. Queria que a vida acabasse ali, naquele dia longínquo. Não fala de morte, mas de frear o tempo e reviver aquela sensação eternamente. Nem antes, nem agora. Ela conseguiu entender que poderia ter feito aquela sensação se estender para sempre. Mesmo o tempo passando, e o filho crescendo, e os conflitos surgindo, e a tristeza vez por outra cruzando no caminho; ainda assim, seria possível estender aquela sensação de plenitude, de felicidade, de possibilidades. Sonho.

Nunca soube como fazer. Culpa? Talvez não. Quem sabe um pouco. Não aprendeu a amar. *Ninguém aprende a amar, a gente apenas ama*, disse Marcus uma vez, quando ela perguntou como ele aprendeu a amá-la, mesmo com tanta coisa que ela julgava ruim em si mesma.

E Marcus amou. Muito. Sempre. Até quando não pôde mais. Feridas expostas, reviradas o tempo todo. Diariamente. Por um tempo, ele se refugiou nas brincadeiras infantis de Miguel. Pai e filho. Absorveu-se por um amor que ele sabia sincero, já que, aos poucos, percebia a sua relação conjugal mudar de alguma forma.

Seu filho entregava para ele, todos os dias, muito do sentimento que ele viu nos olhos da esposa naquele dia, naquele restaurante. Última vez que enxergou nos olhos dela a felicidade. E com o tempo, o tempo. Simples assim. O que se sufoca, fenece. O que se nutre, floresce.

Adiou o máximo que pôde sua partida. Mas, na última traição que sua esposa lhe jogou na cara, já não tinha mais forças para suportar. Quando a ouviu confessar, no meio de mais uma discussão, o que fez (o jeito dela de feri-lo, um tipo de vingança velada, por coisas que Marcus nunca fez) e não sentiu nem mesmo raiva mais, ele entendeu que já passara do fim.

Então, sem violências, nem briga. Apenas se foi. Mesmo ao custo enormemente pesado para ele de saber que ficaria longe do filho, fez a escolha. Partiu. Tentou esperar os dezoito anos de Miguel, porque sabia que num processo judicial de guarda, na maioria dos casos, optava-se por deixar os menores com as mães. Não conseguiu. Ainda mais depois do acidente dela. Miguel simplesmente ficou com a mãe, embora sempre encontrasse o pai. Marcus não quis interferir. Respeitou a decisão do filho, mesmo destruído por dentro. No entanto a certeza do amor de Miguel por ele não o deixou se sentir vazio. Nunca.

Seguiu seus anos sempre perto. Construiu uma nova família, mas nunca deixou Miguel fora dela. Foi pai de um casal de gêmeos, pelos quais Miguel imediatamente se encantou.

Ao saber que seria avô, Marcus sentiu mais uma vez no olhar aquele mesmo sentimento de outrora. Por um instante, torceu para que, nos olhos da ex-esposa, aquela alegria pudesse ter sido resgatada. Não tinha raiva dela. Talvez pena. Mesmo sabendo que pena é um sentimento muito perverso.

Queria que ela ficasse bem. Ela afastou todos que a amaram ao longo de uma vida de repulsa. *Sua mãe ainda vai acabar os dias dela sozinha. Porque ela não sabe, ou não quer, demonstrar amor por ninguém. É como se, pra ela, amar fosse um tipo de fraqueza; ou sei lá o quê.* Miguel sempre lembrava daquelas palavras, ditas no quarto de hospital, diante da mãe sedada.

Miguel tinha sua própria forma de enxergar o que seria amor de verdade. Para ele, era algo bem distinto do que se vende nos filmes e novelas. Não tinha a ver com fazer o melhor para alguém. Para ele, aquela ideia de achar que sabe o que é melhor para o outro era só mais uma forma de egoísmo.

Ainda jovem, especialmente depois que o pai saiu de casa, ele se viu impelido a permanecer. Culpa. Remorso. Ódio reprimido. Processo de morte interno de um sentimento que o silêncio fez se perder. Recluso em seu mundo de reflexões e lamentos, ele observava os sacrifícios que sua mãe fazia para lhe dar o mínimo e, mais que isso, para uma vida que poderia ser considerada feliz. Tudo "ok" no "check list" de um filho privilegiado.

Para ele, piada. *Pra quem tá com sede, não adianta oferecer pão.* Ainda mais quando ele é salgado. Amargo. Paladar em lágrima. Miguel nunca quis o sacrifício de sua mãe. Queria outra coisa, a que ela, de fato, nunca entendeu. E com o tempo, passou a ter raiva daquela ideia de sacrifícios.

E naquele momento da sua vida, prestes a ser pai, pensava *Minha filha nunca será um sacrifício, ou um fardo, ou tarefa. Missão dada para ser cumprida.* Cuidar de sua filha, dizia ele, seria antes de tudo um prazer. Sonho realizado. Amor entregue sem nada em troca. Sentimento ofertado do jeito que ela quisesse. Não se perderia em suas próprias dores e nos seus egoísmos, às vezes, apenas repetindo autômatos do passado. Olharia todos os dias para ela, para reconhecer no fundo de seus olhos a pessoa que ela seria; e, assim, estabelecer os diálogos intangíveis que ele tanto esperou de sua mãe.

Sonhava com Ana a cada instante. Felicidade antecipada. Viveu um sonho antes de um sonho. Naqueles últimos meses de gravidez, Ana pediu férias acumuladas de dois anos; e se dedicou a esperar a filha.

Pintou o quarto, não optou pelo clássico e sexista cor de rosa. Preferiu uma cor neutra, tranquila. Azul pálido, sereno, para ela, sinônimo de paz. Leu aquilo em algum lugar. Fez tudo mesmo contra os protestos da avó, que preferia um rosa bebê, delicado para uma menina linda. Mas não era beleza que Ana e Miguel queriam para a filha, era paz. Candura. Que ela fosse um fragmento, faísca de ternura em uma família tão conturbada e incapaz de lidar com sentimentos bons.

Miguel chegava do trabalho e, todos os dias, uma novidade na casa. Todos os ambientes decorados, planejados, pensados para proporcionar os melhores momentos entre pai, mãe e filha. Sonhos espalhados em cada canto. Cores, formas, desenhos, brinquedos, perfumes. Miguel sempre se emocionava; e, delicadamente, encostava a cabeça na barriga de Ana. Conversava com a própria filha por muito tempo. Uma vida latente ainda. Em progresso. E quando começou a senti-la se mexer, as lágrimas foram inevitáveis. Ele sabia que a felicidade, a razão, o motivo, aquela coisa incompreensível que nunca o deixaria conhecer a solidão, estava prestes a acontecer. Ele agradecia. Sempre inseguro, falava para Ana, *Será que sou merecedor disso?* Ainda se culpava. Passou a se ver como um filho ruim; e era como se, na lógica invertida da cabeça insegura dele, filhos ruins não conseguiriam ser bons pais; ou como se filhos de maus pais também nunca pudessem ser bons. Algum paradoxo complexo se emaranhava na cabeça dele quando pensava em tudo aquilo. Mas bastava um vislumbre do futuro para tudo se iluminar. O sorriso que imaginava de sua filha, quando ele, dali a alguns meses, chegasse em casa depois do trabalho. Um abraço. O som doce da voz dela. *É pra isso que a gente vive*, repetia para si mesmo.

Mas, às vezes, os sonhos se despedaçam. Sangram. Eclampsia. Morte prematura. Felicidade abortada. Literal.

Na casa, sempre foram só eles dois, mas ali, depois que voltaram do hospital, pareceu que ela estava grande demais só para eles dois.

*A **velhice*** *é uma coleção de perdas.*

Eu não te *odeio, só quero ficar longe de você.*

As últimas palavras de Miguel, já cansadas, depois de mais uma discussão. A última. Sem o ímpeto do início da juventude. Ali, as palavras passaram forçadamente por alguma tela tecida de exaustão. Densa, pesada, difícil de arrastar. Pouco depois dos trinta anos, ele olhava para trás e dizia adeus. Não apenas para a própria mãe, mas para tanta coisa. Coisas boas, ruins. A vida. Equilíbrio de sorriso e lágrima, como tem que ser. Mas não queria mais. A morte prematura talvez tenha sido demais para ele. O fim do seu casamento poucos anos depois, também.

Após a tragédia, ele e Ana não conseguiram mais se estabilizar. Não havia raiva, ou culpa jogada na cara um do outro, mas sempre que se olhavam, enxergavam a felicidade que planejaram, que tanto esperaram acontecer e que simplesmente não aconteceria mais. Não suportaram.

No primeiro mês, venderam a casa. Toda decorada. Preparada para a futura família. Não havia mais família. Ana se recusou a voltar para lá. Ficou hospedada na casa da sogra, enquanto Miguel acertava a venda.

Para ele, voltar a morar com a mãe depois de tanto tempo, logo após uma perda indescritível, não era apenas um retrocesso, era algum tipo de piada cretina. Pelo menos ela não foi inconveniente com Ana, como sempre fazia, jogando a culpa dos fatos sempre sobre a vítima. *Se você não tivesse levado seu relógio novo pra escola, eles não teriam roubado.* Mas não era respeito. Era porque estava igualmente chocada. A perda da neta também a atingiu de uma forma inesperada. Era perceptível sua dor.

Numa ocasião, Miguel flagrou a mãe na porta do quarto deles. Ana dormia. Era ainda cedo da noite. Ele viu a mãe parada por vários minutos apenas observando o sono da sua esposa. Ele se assustou com aquela figura esguia, em meio à penumbra, estática. Como algum tipo de espírito obsessor que estivesse sugando a alma e a energia de alguém. Mas não. Rapidamente ele percebeu as lágrimas que rolavam. Ela sofria. Miguel sentiu uma vontade inesperada de abraçá-la. Acolher.

Não era pena, ou solidariedade, ou amor, ou qualquer outra coisa nominável. Impulso. Chegou a criar na própria mente o momento. Chegaria devagar por trás dela e envolveria a sua mãe em seus braços. Talvez o abraço que poderia, enfim, resolver tudo. Resgate de uma vida inteira. Ela deitaria a cabeça no seu peito e choraria e pediria perdão. E ele pediria perdão. E os dois ficariam ali abraçados por todo o tempo. Resto da vida. Redenção. Luz sobre um sentimento que ele sabia que existia entre os dois, mas que ela (e ele com o tempo) varreram para debaixo de um tapete de rancor, frustração, mágoa e decepção.

Uma cena linda. Talvez ele já tivesse visto em algum filme. Mas, assim como os filmes, não era real. Quando ela percebeu a presença dele, enxugou as lágrimas e fez algum comentário seco que o irritou.

Porque que você não morre logo?, ela se lembrou de quando ouviu aquilo. Não sabia dizer porque lembrou daquilo; que conexão sádica havia na sua memória. Mas não falou nada, apenas caminhou para seu quarto, fechou a porta e se escondeu no silêncio e na escuridão.

Marcus que conseguiu vender a casa. Negociou um preço justo em um tempo curto. Por meio de uma procuração, assumiu todos os detalhes burocráticos da mudança, limpeza, pintura do imóvel, taxas e papeladas. Ele sentiu a dor do filho como se fosse sua. Porque ver um filho sofrer é sofrer duas vezes mais. E por todo o tempo esteve por perto, como quem vela o sono de uma criança, mas com cuidado para não a acordar. Embora sabendo que a certeza da sua simples presença já dava a tranquilidade para que aquele sono fosse sereno.

A casa nova não teve tempo suficiente para se acostumar com Miguel e Ana. Logo depois da separação, ela também ficou muito grande. E Miguel ouvia o ecoar surdo de sua tragédia particular. Anos de desmoronamentos íntimos. Perdeu o emprego e se afundou em dívidas e vícios. Autodestruição de algo que ele passou a acreditar que nunca existiu, ele mesmo. Desistiu. O desejo era deitar no chão e esperar apodrecer lentamente, dolorosamente. Mas era como se o álcool, consumido incansavelmente, teimasse em mantê-lo em conserva. Como os fetos abortados no laboratório da escola, que o assustaram tanto aos treze anos.

Os ombros de Marcus, naquele tempo, pesaram ainda mais. Pois sustentaram as dores do próprio filho. E foi por seu intermédio que ele não sucumbiu em definitivo. Paciência e empatia. Respeitou a dor do filho. *Há que se respeitar a dor do outro.* Marcus achava uma violência ainda mais brutal cobrar dele uma atitude diante da sua perda. Miguel queria chorar, sofrer. E era preciso entender o seu processo. Necessário. Marcus ouviu seus lamentos, sua fúria, sua desesperança. Não interveio, apenas ficou por perto. Marcus sempre esteve por perto. O tempo todo. Vida inteira. Miguel sabia. Às vezes se lamentava de não ter ido morar com ele. Mas Marcus sempre dizia que a vida toma os caminhos que tem que tomar. *E se já foi assim, foi assim.*

Aos dezesseis, Miguel viu o pai sair de casa. Nunca o odiou por aquilo. Entendia. Ainda aos dezesseis decidiu morar com ele, mas o acidente o fez recuar. E o tempo seguiu rápido até a faculdade e até os braços de Ana. Seu refúgio. Fuga de si, personificada no sorriso torto dela.

Não deu tempo eu vir morar com você, pai, porque me apressei demais pra ter minha própria vida com Ana. E eu fiquei muito feliz quando isso aconteceu. *Eu sei. Todo mundo te julga e te chama de escroto porque você decidiu ir embora. Mas eu sei que você não é assim.* E é só isso que importa, meu filho. *Sabe, você foi meu pilar de sustentação. Mesmo depois que saí de casa, saber que você estava ali me dava segurança. Era como se, só por saber disso, eu conseguisse suportar tanta coisa. Não sei explicar. Mas sei que você entende. Eu só tenho a agradecer. Talvez eu nunca tenha dito isso, mas preciso dizer agora. Obrigado por tudo, por ser o pai que eu nem sei se eu merecia. Sabe, todas as minhas lembranças mais felizes de criança são com você. Sempre. Todas. E agora... Sabe, tudo que eu queria era poder proporcionar pra minha filha essas mesmas lembranças boas. Porque eu sei como são importantes. Eu sei como elas definem tudo... Mas não posso mais. Às vezes penso que é a vida me punindo por não ter sido um bom filho.* Não diga isso. Essas palavras não são suas. Não dê ouvido pra elas. Você sempre foi um filho excepcional. Amoroso, obediente, às vezes traquina, mas um motivo de orgulho e alegria dentro de casa. Se alguém não enxerga isso, o problema não é você. Entenda isso, meu filho. *Eu te amo.*

Eu só quero *ficar longe de você.* Aquelas palavras, para ela, sempre foram um tipo de sentença. Miguel as disse pouco antes de ir embora do país. E ela ficou apenas com o ressoar delas. Eco indesejado. Talvez estivesse mais preparada para um xingamento. Mais um. Esbravejo. Fúria de sempre do filho. Mas não foi assim. Ele simplesmente foi embora.

Ela tinha ficado enraivecida com a decisão do filho de "abandonar" a esposa. Mas, no fundo, ela sabia que não havia alternativa. Miguel disse na época que era melhor se separarem enquanto ainda se respeitavam. E, para ele, respeito era um tipo de amor austero. E ele sempre amou Ana.

A separação antecedeu o aprofundamento de Miguel na tristeza. Depressão. Inevitável. A muito custo conseguiu sair.

Durante aquele tempo, ela até buscou ajudá-lo de alguma forma. Ele trancou as portas para ela. Em todos os sentidos. Permaneceu do lado de fora da vida do filho mais uma vez. E ela se compadecia de sua dor. Viu o filho se destruir cada vez mais. Não sabia o que fazer. Nem rezar ela podia mais. Sabia que Cristo ainda estava de costas. Sempre.

E quando a divindade não responde, as pessoas procuram os mortais. Ligou para Marcus. Tanto tempo depois, foi estranho ouvir aquela voz. Trocaram poucas palavras. Ele a acalmou. Estava cuidando do filho deles. E cuidou. E mesmo dentro de si, achando que mais uma vez o ex-marido a afastava do filho, ela não tinha escolha.

Aos poucos, muito aos poucos, viu Miguel se recuperar. Por intermédio de Marcus, viu o filho conseguir uma nova oportunidade de trabalho. Daquela vez, fora do país. De certa forma, ela sentiu inveja. Ele iria para longe. Ela sempre quis.

Na época, conversou muito com Ana, que manteve contato com ela mesmo depois da separação, e soube que a ex-nora também não abandonara Miguel. Ele sabia que eles dois não conseguiriam mais ter uma vida em comum. Mas a dor, aquela dor, só eles dois eram capazes de compartilhar. E compartilharam. E como quase sempre na vida, quando se divide um fardo, ele parece menos pesado.

O luto, para ambos, compartilhado como amigos, sempre grandes amigos, altruísmo e respeito, fez os dois resgatarem em si mesmos algo suficiente para fazê-los, senão acreditar novamente, ao menos não se deixarem desistir.

Ela agradeceu a Ana. E maldisse Marcus. Porque o filho estava indo embora. Ainda mais longe dela. Como se ela alguma vez estivesse, de fato, próxima o bastante. Mas, por Miguel, respeitou. Ele precisava de um recomeço. Longe da dor. *Longe dela?*

Sempre confundia o nome do país para onde tinha ido. Era engenheiro de minas, e a proposta de emprego nos países africanos pareciam uma aventura promissora. Mas desde que ele se mudou para lá, foram poucas as vezes que se viram pessoalmente. Miguel vinha ao Brasil duas vezes por ano apenas. Mas, no primeiro ano, nem isso. Escolheu ficar o máximo de tempo afastado. Precisava daquilo. O máximo de notícias vagas dele que ela tinha eram ligações uma vez por mês; ou uma vez a cada dois meses. Nunca era regular.

Palavras burocráticas, quase um relatório de acontecimentos vagos para dar uma falsa sensação de intimidade. Aquilo esgotava Miguel. Odiava aquela obrigação familiar. Os vínculos de sangue, para ele, nunca tiveram o mesmo valor inútil que as outras pessoas atribuíam.

Uma vez ouviu Ana falar, numa conversa ao telefone com uma de suas pacientes, uma frase que adotou para a vida, *Mãe é quem exerce a maternidade.* Gostava daquela frase, embora ela o deixasse sempre um pouco entristecido. Lamento por algo que nunca conheceu.

Nos dois primeiros anos de Miguel fora, Ana foi a única pessoa, além de Cláudia, que ainda se ocupava em visitar a ex-sogra. A perda da neta fez com que as duas desenvolvessem alguma ligação mais íntima. Não forte o bastante para perdurar, mas naquele momento foi importante.

Sempre recebia ligações de Ana. Às vezes, a ex-nora tinha muito mais notícias de Miguel que ela. Acostumou-se àquilo. Conversavam sobre amenidades, cuidados com a saúde e, às vezes, política. Não gostava de falar de política, mas Ana insistia. Ela achava que, por causa das histórias com Mauro, o tema pudesse sempre ser interessante. Como se aquela mulher já idosa, que assistiu a tantas transformações nos cenários político e social do país, tivesse sempre uma visão diferenciada e mais lúcida sobre o transcurso dos fatos políticos.

Mas ela sempre desviava do assunto. Tanto por falta de interesse quanto por falta de vãs esperanças de mudança. Quando o partido de esquerda, enfim, chegou à Presidência da República, ela não comemorou. Conhecia a trajetória do novo Presidente. Chegou a admirá-lo por um tempo, mas as decisões que ela achava que ele tinha feito para conseguir chegar ao topo, deixaram-na desapontada. Para ela, a desculpa que usaram para justificar não cabia. Aquela história de que às vezes é preciso jogar o jogo deles para chegar ao poder e, lá estando, poder mudar as coisas, era conversa fiada. Ela sabia disso. O tempo provou isso, pelo menos na visão dela. Porque o mecanismo não mudou. Como nunca muda.

Houve progressos sociais, inegável, mas o propósito maior era o poder. Sempre foi. Não há outro propósito quando se fala de política. *Bem-estar social, solidariedade, altruísmo, essas coisas nunca serão parte decisiva em nenhuma forma de governo. Seja democrático ou opressor.* Na verdade, para ela, todas as formas de governo são opressoras, cada uma a seu modo. E aqui, no Brasil, depois de décadas de vivência e observação, saindo de uma ditadura para uma pseudodemocracia, ela tinha a certeza de que a revolução que Mauro encampou nunca venceu nada. A real ditadura se manteve. Sobreviveu. O poder econômico. *O dinheiro é o que move e desmorona o mundo.*

Os militares só estiveram no poder naquela época porque era rentável financeiramente para alguém. Como só caíram porque, igualmente, era mais interessante para as finanças. E a falsa alternância de poder sempre foi uma falácia. Ela se irritava ao pensar sobre aquilo. Preferia não entrar em debates, para não ter que brigar com ninguém, especialmente com Ana.

Para o povo, pensava ela, *a alternativa sempre será apenas tentar sobreviver. E Mauro e tanta gente lutaram em vão.* Achava aquilo, mas não dizia para Ana. De certa forma, gostava do jeito como ela a via. Quase heroína. Um alento para o ego; e, talvez, algo importante para uma jovem que ainda acreditava em sonhos e em democracia.

A ex-sogra talvez tenha sido a primeira pessoa a saber do novo relacionamento de Ana. Ela conseguiu seguir em frente. Embalou suas dores em um recipiente adequado e não arremessou no esquecimento. Trouxe ele para um lugar sempre visível, mas não perto o bastante para lhe ferir. Talvez viver seja algo assim.

Ao saber da notícia, pressentiu que não demoraria aquela amizade com a ex-nora. Não lamentou. Sentiu alegria por ela. Sincera.

Naquele ano, ela vivia a empolgação com o novo governo. Uma mulher. Aquela mulher. Rapidamente a reverenciou como ideal político. Mas também foi o ano em que lamentou mais uma perda. *A velhice é uma coleção de perdas.*

No mesmo mês que comemorou a assinatura da lei que criou a Comissão Nacional da Verdade, para investigar as violências e assassinatos que os militares cometeram no passado, ela deu adeus a sua melhor amiga.

Cláudia não resistiu. Câncer, que se alastrou muito rápido. Pâncreas. Escolheu não contar para ninguém. Morreu no hospital. Uma morte sem dor. Em todos os sentidos. Por escolha das filhas, proibiram qualquer outro procedimento invasivo que pudesse levar a mais prolongamento de um sofrimento para a mãe. As últimas semanas foram muito brutais. O único pedido delas foi para que a mãe fosse medicada com drogas fortes o suficiente para que não sentisse dor no fim.

Cláudia, há anos viúva, deixou duas filhas e um neto. E a lembrança doce no coração da amiga. A mulher que encarou tantas vezes o sofrimento, mas que por diversas vezes virou as costas para ele, aprendeu a ser feliz. E foi feliz.

Tantos anos depois, ali, de frente ao espelho, com o olho esquerdo inchado, ela lembra da amiga. Tenta resgatar na memória a última vez que a viu viva. Não consegue.

Se conseguisse, lembraria de Cláudia dizendo que *na velhice os sentimentos que a gente ofereceu pras pessoas na juventude, retornam pra gente. E eu, hoje me sinto cercada de bons sentimentos. Tudo que eu sempre quis foi isso, morrer sabendo que as pessoas lembrarão de mim com carinho. Por isso que não tenho mais medo de morrer. Eu conquistei tudo que havia de mais importante. E você, minha amiga, é uma parte muito especial disso.*

Talvez, se recordasse aquelas palavras nesta manhã diante do espelho, fizesse alguma diferença. Mas tudo que ela lembra é apenas o funeral. De alguma forma, sentiu inveja da amiga. Na época, pensou que seria mais fácil para ela se estivesse morta também. Mas não. Ela não entendia nem mesmo aquela inveja.

Viu as filhas de Cláudia chorarem cotidianas. Observou com atenção aquela forma de chorar. Despedida sem lamento. Gratidão. Foi como se as duas, com o olhar, transferissem para dentro do caixão todas as recordações e sentimentos que tiveram e revisitaram naquele momento. Anos em frações de tempo. Segundos. Tão rápido. Tanto tempo. Sempre pouco tempo demais. A vida nunca seria suficiente, mas ela, em si, já é mais que o bastante.

Espantou-se com aquela forma diferente de sofrimento. As filhas estavam tristes. Isso ela sabia. Mas era um jeito estranho de sentir a dor. Saudade silente. Liberdade dentro do coração. Mas ela não sabia, apenas se espantava. E depois que chegou em casa, perambulou pelos cômodos. O sono não vinha. Passou a noite atônita, absorta. Não sabia exatamente em que pensava.

Pela primeira vez, sentou no sofá pouco antes do sol nascer. Naquela época, não havia ainda gato para arranhar a porta em busca de comida. Sentiu medo. O medo que a velhice traz. Solidão. Se se permitisse as reflexões, saberia que não era medo de ficar velha. Ninguém teme a velhice. Se temessem, morreriam jovens. Não. O passar dos anos traz apenas um único temor, solidão. E ali, depois que a amiga, única, se foi, era como se não soubesse para onde ir.

Não teria mais para quem ligar para reclamar, ou passar o tempo, ou recordar as peripécias da juventude. Não tinha mais o café ruim da cafeteria que não conseguiam deixar de frequentar. Não teria mais o colo, acalanto de almas, duas em uma. Adeus.

Sozinha. Casa vazia. Vazio íntimo. Agora ali, tantos anos depois que ela partiu, com o olho latejando com o hematoma, a memória falha, roubando-lhe mais uma última conversa com a amiga. Queria muito lembrar, mas a recordação pulsante, latejante, evidente, era Miguel. Quando, pela última vez, se falaram. Por telefone. Palavras ríspidas. Violência latente. Acusações que nunca deviam ser ditas. Reconhecimentos que precisavam ser feitos. Não se fez. Nenhum dos dois fez. Quando todos se acham vítimas, todos são culpados.

Ela sente agora sua culpa. Quer admiti-la. Talvez a dor física, a humilhação de ter sido lançada ao chão com uma bofetada. Decrepitude, vergonha, fraqueza. Ali, no fundo, para ela, olhar seu rosto quase desfigurado, lhe traz o impulso de reconhecer as falhas. Um custo muito alto para si mesma. *Não foi só culpa minha.* Nunca é. Impávida, recua na sua reparação íntima. Arrogância inútil. Como se houvesse algum tipo de arrogância que fosse útil.

O hematoma se enraíza cada vez mais para dentro dela. Como um câncer que consome tecidos saudáveis. Os dela, já estavam apodrecidos há tempos. Pelo menos é essa a sensação que ela tem ali diante de si mesma, mas não morre, como Cláudia.

Tem o impulso de chorar. Gritar. Contar para tanta gente, poucas, umas poucas, tudo que sente. Não tem ninguém para ouvir. Quase tem vontade de pedir perdão. Perdão é inútil. Sempre achou a ideia de pedir desculpas um subterfúgio covarde. Talvez não fosse.

Quer Cláudia perto para contar para ela tudo que sente. A amiga entenderia. E talvez dissesse as palavras certas para reconfortá-la; ou talvez, palavras que a irritariam, mas que, no fundo, ela sabia que precisava ouvir. Cláudia se foi... Quer o abraço de sua mãe. Tanto tempo passado, já nem sabe mais qual era a sensação daquele calor materno. A mãe se foi... Quer até mesmo ver o pai. Mesmo chegando atrasado para seu aniversário, num hálito etílico, chamando-a de princesa. O pai se foi... Procura por Mauro nas lembranças. Ele se tornou uma incógnita. Lacuna aberta em sua narrativa. Depois que partiu, nunca mais teve notícias. Mauro se foi... Pensa em Marcus. Lembra daquele primeiro dia na praia, do desejo que sentiu por estar perto dele. Recorda o sentimento intenso, de quando se olharam naquele restaurante de frente ao mar e se permitiram sonhar com o filho por vir. Naquele dia em que não viram o mar. Os olhos de um nos olhos do outro escondiam muito mais belezas. Incertas. Possibilidade de sonhos. Mas Marcus se foi... Lembra da neta, que nem chegou a ser; e que se foi... Pensou em Miguel... Miguel se foi.

Over and over and over and over

E quem *disse que maternidade é uma coisa sagrada?* Não é isso que eu tô dizendo, Miguel. A questão é que nesses trinta anos você nunca me permitiu ser sua mãe. *Calma aí. Eu não tenho mais quatorze anos pra você jogar nas minhas costas a culpa por suas omissões. Quem escolheu ser ausente, quem quis ficar longe de mim foi você. Eu* nunca fiquei longe. Você deve tá confundindo, quem deixou a casa não fui eu. *Não venha com* *ironia. Você é melhor que isso; e eu não sou mais nenhuma criança, mãe. Mas quer saber? Eu cansei de repetir isso todas as vezes que a gente discute. Você sabe, embora não queira admitir, que você nunca quis exercer sua maternidade. E quer saber mais ainda? Eu não te julgo por isso. De verdade. Como eu disse, maternidade não é uma coisa sagrada. Não é nenhuma missão de Deus envolta em amor incondicional, nem porra nenhuma dessa. Maternidade é uma relação como outra qualquer. E como em todas as relações, ela precisa ser construída a dois. Com respeito mútuo. E foi isso que você nunca quis.* Como é que é? Eu sempre fiz tudo por você. Te carreguei na barriga nove meses... *Ah, vai pro inferno com essa ladainha de nove meses. Ter me parido não te dá nenhum direito ou poder sobre mim. Muito menos me torna seu filho. Um dia talvez você entenda isso. Não é porque você nunca soube lidar com a perda da sua mãe e as merdas que seu pai fez que te dá o direito de me punir por isso.* Eu nunca te puni por nada. Nunca te bati, nunca. *As violências que deixam as maiores marcas são aquelas silenciosas. Igual as que teu pai deixou em você. Iguais às que você deixou em mim ao dar as costas pra meu desejo de ter você na minha vida. Com o tempo, eu apenas cansei de correr atrás. Porque, como eu disse, tem que ser uma construção em que ambas as partes queiram. E você parece que nunca quis.* Miguel, você não pode dizer isso. *Claro que posso. Se tem alguém que pode dizer isso sou eu. Antes do meu pai ir embora, você nunca participou de verdade da minha vida. Eu me sentia como um item na sua lista de afazeres. Mais nada que isso. E quando eu te chamava pra fazer parte da minha, fosse te chamando pra ver um desenho, fosse tentando conversar com você sobre alguma ideia impossível na minha cabeça de criança, você desdenhava; ou estava ocupada; ou simplesmente ignorava.* Não era assim. Seu pai que nunca deixou eu me aproximar de você. Ele sempre teve mais jeito, mais tato com criança. Aí ficava difícil competir. *E quem disse que era a porra de uma competição?! E mesmo que fosse, o que você fez depois que ele foi embora? Porque simplesmente não foi honesta comigo, dizendo que não sabia ser mãe, que não queria ser mãe. Sei lá. Mas não. Você preferiu me fazer ficar por perto. Mas pra quê. Só pra magoar meu pai. Punir ele, mesmo que o sofrimento fosse meu?!* Não fale isso, meu filho. Não era assim. Você faz parecer que sou um monstro. *Não é isso. Eu sei que você não é monstro. Eu não te odeio, só quero ficar longe de você. Só isso. Eu preciso disso.*

Ela, ali, ainda tinha algum tipo de esperança tardia de ver ele desistir de morar fora e voltar para Ana. Como se quisesse ancorar o filho ao lado dela. Às vezes, mesmo contra sua vontade. *Por quê?* Nunca se fez aquela pergunta. Na verdade, nunca sequer achou que estivesse forçando uma ancoragem. Ela só achava que era para ser daquele jeito. Os filhos tinham que ficar perto dos pais na velhice. Principalmente das mães. Para cuidar delas. Como elas cuidaram dele antes. Uma espécie de comércio que Miguel sempre refutou, mas que, para ela, era a lei natural.

Mas não havia mais Ana, nem filha, nem desejo algum de permanecer. Miguel precisava ir. Mas antes, permitiu-se aquela última conversa. Esperança, esse parasita que parece nunca nos abandonar. Era esperança de que, mesmo sob as inúmeras camadas de frustração, ainda se abriria uma fresta para, quem sabe, ouvir as reparações que ele precisava ouvir para ir em paz. Para longe. Para nunca mais, talvez; ou, quem sabe, depois de ouvir, ter vontade de voltar.

Mas não ouviu. E não voltou.

Embora, nos anos que passaram, voltasse à sua cidade e a visitar sua mãe, ele, de fato, nunca voltou. Ela virou apenas um compromisso social, moral, legal, ou qualquer outra coisa do tipo.

Depois daquela conversa, Miguel nunca mais tocaria no assunto. Ana uma vez disse para a então sogra que Miguel fechou uma porta que ela nunca quis ultrapassar. Naquela última conversa, ele simplesmente, literalmente, selou a porta. Deu as costas, para nunca mais voltar. Talvez tenha feito como Cláudia, deu as costas para o sofrimento, para, quem sabe, aprender a ser feliz.

A campanha eleitoral deste ano acabara de começar quando ela se recordou daquela conversa de tantos anos atrás. Ela assistia na tevê especulações sobre a possibilidade ou não da candidatura do ex-presidente, que já estava preso quando registrou sua candidatura. Ela via o imbróglio na política nacional, a construção de uma manobra que subvertia o processo democrático, fantasiado de legalidade. Mas ela já estava cansada. Já ia desligar a tevê quando ouviu a campainha tocar. Era Marcus.

Miguel faleceu na madrugada de ontem.

Naquela noite adormeceu vencida pelo cansaço já quase ao amanhecer do dia. Sentiu-se desesperadoramente sozinha. Esforçou-se para revisitar em memória os bons momentos. Parecia tão difícil. Conseguiu, ainda, reconhecer a sensação da primeira vez que tomou o filho nos braços. Algo parecido com paz. Felicidade? Não saberia dizer. Nunca teve bem definida nos seus conceitos aquela palavra. Sabia que aquela sensação inicial foi agradável. Algo entre ternura e surpresa.

Mas... o tempo. Não sabia identificar quando se perdeu. Mãos dadas desencontradas. Sempre que pensava naquilo, sentia raiva de Marcus. Sentia ainda mais raiva porque foi ele que deu a notícia. Um trespassar de sensações arrancou-lhe alguma coisa que ela não soube entender. Só doía. Muito. Como se fosse uma dor maior do que a perda de alguém. Não conseguiu lidar com aquilo. Só sentiu raiva. Raiva de Marcus. Culpava-o por ter conseguido aquele emprego noutro país. Longe. Para sempre. Ela perdeu o que nunca teve. Talvez por isso doesse mais. Seu filho. Único. Morto.

Seus olhos desistiram das recordações. Vencidos, exaustão de ausência. Sempre quis o filho. Naquele momento, mais que nunca. Perda. Nunca soube como atravessar a porta que ele abriu. Sofreu por isso, escondida na raiva e na indiferença; como se admitir para si mesma que precisava de ajuda fosse alguma forma de fraqueza. *Toda mulher nasce mãe*, um dia sua própria mãe lhe disse aquilo quando ela perguntou como era cuidar de uma criança. Mentira. Tinha vergonha de ouvir os conselhos de Marcus. *Como se ele soubesse melhor que eu do que Miguel precisa!* Tinha raiva. Como criança emburrada que correu pelos corredores e se escondeu no quarto escuro. Longe de todos, onde ninguém podia ver suas fraquezas. Fraquezas? Olhava a silhueta mínima na porta aberta bem recortada pelo contraste de sombras. Nunca conseguiu sair daquele quarto. A porta foi se fechando lentamente. Um ranger quase silencioso. Escandalosamente perceptível. Mãos nos ouvidos. Depois de tantos anos sem ouvir a voz do ex-marido, a sua frase veio como sentença. E a porta, enfim, fechou-se definitivamente. Sepultada em hiato perpétuo. Sozinha, dali para frente, para sempre. Teve medo. Tristeza, Revolta. Remorso.

Amanheceu, e não viu o dia. Os olhos ignoravam as frestas de sol. Quase meio-dia quando as garras do gato a despertaram. O barulho parecia vir de dentro dela. Dilacerava alguma coisa em si. Ergueu-se no arrefecimento e nele permaneceu. Autômato mais uma vez. Agora, mais intenso. Suspenso de si.

Amargo fúnebre na boca. Na alma. Na falta. Pela primeira vez depois de todos aqueles meses desde que o gato apareceu, *Precisava dar um nome para ele*, ficou observando-o comer. Não pensava em nada.

O animal estranhou. Mastigava e parava diversas vezes. E via-a, com seu único olho, parada no mesmo lugar. Atônita. Intrigado, ele tentava decifrar o enigma que era aquela criatura que todos os dias lhe trazia comida, mas que nunca se demorava tanto a seu lado; e que sempre rejeitava seus afagos insistentes.

Mas, naquele dia, o vulto nebuloso permaneceu lá, como espectro, a seu lado. Ele observava ora de soslaio, ora fixamente. Ela não se movia. Teve o impulso de fugir. A vida na rua, para um felino, ensina a sobreviver. Hesitou. Aproximou-se lentamente. Ela nunca havia permitido tanto contato. A criatura não se moveu. Delicadamente. Ardiloso. Hábil, quase sorrateiro, ele lentamente adicionou uma pata à frente da outra em sucessivos movimentos que, olhados de longe, eram quase imperceptíveis. A criatura não se moveu.

Sentiu seu cheiro. Familiar. Aproximou-se mais. Deslizou por entre as pernas da criatura. Imóvel. O felino sentiu disparar sua pulsação. Se tivesse a capacidade de pensar conscientemente sobre suas próprias emoções, talvez dissesse que era algo próximo da alegria. Enroscou-se em movimentos sinuosos. Delicados. Seu modo peculiar de dar carinho. Sentia que ela precisava de carinho. Há muito tempo ele sabia daquilo. Mas aquela era a primeira vez que ela se permitia receber. Primeira vez.

Súbito, parou. Percebeu o movimento de cabeça dela. Encarou-a. Novo movimento. Talvez fosse uma tentativa de retribuir suas carícias. Não arriscou. Fez jus ao ditado sobre o gato escaldado. Teve medo da água fria. Correu para a rua.

Nos dias seguintes, os vizinhos já sabiam, mesmo ela não tendo contado nada. Se o gato tivesse a capacidade de falar, talvez ele tivesse dito algo para ver se alguém se compadecia. Por pena ou mero interesse, para não correr o risco de perder a comida fácil e o abrigo improvisado no jardim. Ele, apesar de tudo, tinha muito a agradecer a ela.

Mas não foi o gato, nem ela, nem Marcus. Mas as notícias correram tão rápido que isso a irritou. O primeiro a tocar sua campainha para prestar condolências foi André, o amigo de infância de Miguel que voltou a morar na rua.

Ela o recebeu com educação. Ele relembrou momentos perdidos no tempo, de quando ele e Miguel corriam pelo bairro nas travessuras e fantasias de criança. *Há tanto tempo. Como quando a viúva Carmen. Acho que era esse o nome dela. Vinha brigar porque a gente sempre batia a bola no portão da casa dela. Era um portão alto de ferro muito barulhento.* André contou que uma vez que a bola caiu acidentalmente na casa dela e Miguel teve que pular o muro para buscar. *Ele tava morrendo de medo. Foi na ponta dos pés, com a habilidade que sempre teve pra se disfarçar no escuro.* Habilidade que, na infância, sempre o destacou nas brincadeiras de esconde-esconde. Mas naquela noite, seus atributos não ajudaram. *Os meninos chutaram o portão bem na hora que Miguel ainda tava lá dentro. A velha saiu esbaforida de ódio. Ela trazia uma garrafa de água quente pra jogar em Miguel. Mas quando ela jogou, ele foi mais ágil e se esquivou. A sorte foi que ela já não enxergava bem. E sem óculos, no escuro, acho que morreu sem saber que era Miguel naquela noite. A parte ruim é que a gente devia ter esperado ele jogar a bola pra gente antes de bater no portão, porque a velha achou a bola e furou. E a bola era minha. Novinha ainda. Mas acho que, no fim, as gargalhadas valeram a pena.*

Ela ouviu aquelas histórias e não reconheceu nenhuma. Foi como se André falasse de outra pessoa. Um desconhecido. Ela, então, apenas sorriu educadamente.

No entanto, depois, não teve mais saco para os pêsames de gente que passava antes pela casa dela sem nem saber se ela estava viva ou já apodrecida no quarto. Como o *casal de maconheiros barulhentos*, que a interpelaram na rua quando ela saía para sua sopa. Sua resposta foi só um grunhido esquisito. *Antes isso que um palavrão.*

Daquela vez, preferiu pedir sua sopa para viagem. Não queria mais exposição a tanta gente irritante. Mas quando estava voltando, ouviu seu nome. Espantou-se. Ninguém chamava seu nome há muito tempo. Parou. Varreu com os olhos as casas da rua. Não via ninguém. Na esquina, pouco atrás dela, Mel a observava com carinho e candura.

Ela ficou estática, vendo a cabeleireira se aproximar lentamente. Passo após passo. Como analisando. Sentiu o perfume adocicado cada vez mais perto. Mel parou há pouco mais de um metro dela. Ouviu as palavras de pesar e respeito. Percebeu que Mel teve um impulso de abraçá-la. Refutou com palavras de agradecimento e foi embora. No caminho de casa, questionou-se por que aquela mulher, homem, sei lá, tinha tanta fixação nela. De súbito, repreendeu a si mesma em pensamento *Não pode mais falar daquele jeito.* Quase riu. Mas as rugas do seu rosto pareciam muito mais pesadas do que antes para se permitir algum movimento ascendente.

Os dias seguintes foram de Marcus assumindo todos os trâmites burocráticos para o transporte do corpo e organização do sepultamento. A empresa para qual Miguel trabalhava arcou com a maior parte das despesas. E para a surpresa da mãe, o seguro de vida dele foi registado em seu nome.

Quando Miguel morreu, Ana, já em outro relacionamento, tinha um filho pequeno. Há tempos que ela não via a ex-nora. Espantou-se como ela ficava bonita de preto.

Depois da separação e da ida de Miguel para fora do país, Ana permaneceu muito próxima da ex-sogra. Mas o tempo, para alguns, afasta todas as pessoas. E, naturalmente, as ligações diárias e visitas semanais foram se tornando mensais, bimestrais; e, de um dia para o outro, como quem fecha uma porta, cessaram.

Ela se perdeu olhando para Ana no velório. O filho no colo. Ela, inevitavelmente, fantasiou que aquela criança era sua neta; e que ela chorava a perda do pai, mesmo ainda jovem demais para entender o significado real do fim.

Sua mente vagou por infinitas possibilidades, como uma escritora habilidosa e inventiva, criando vida onde houve morte. A neta, Virgínia, sempre gostou desse nome, viria toda semana a sua casa, sentar e conversar com ela sobre o pai falecido. E ela contaria lindas histórias de traquinagens infantis que iriam divertir e acalentar a saudade da menina. Sua própria saudade. E ela veria a neta crescer, correr pelo jardim, brincar com o gato matreiro que, mesmo causando-lhe alergia, ela insistia em abraçar. Aplicaria curativos nos arranhões, consolaria as lágrimas da adolescência e aplaudiria suas conquistas. E quando estivesse já muito idosa, naquele ponto em que a vida já rejeita sua existência e te expulsa para o além, ela veria, do seu leito de hospital, as lágrimas de Virgínia de gratidão e carinho. E, enfim, poderia seguir em paz.

O toque de Marcus no seu ombro a fez despertar. Sempre ele a lhe roubar os sonhos, pensaria, se naquele momento tivesse disposição para qualquer coisa. O padre perguntava se ela queria dizer algumas palavras. Refugiou-se no seu silêncio. Quarto escuro. Luto. Todos respeitaram e pareciam entender a sua dor. Não era dor. Era raiva. Conteve. Olhou para Marcus e, intrigada, percebeu nele o mesmo semblante das filhas de Cláudia no velório da amiga. Ele estava visivelmente triste, mas parecia em paz. Como se trouxesse consigo uma certeza no seu íntimo, a certeza de que o filho, de fato, havia encontrado a sua felicidade. Algum lugar longe. Esquecia sempre o nome do país.

O caixão desceu lentamente no sepulcro. Ela, atônita, assistiu a tudo sem saber o que sentir; ou sem saber entender o que sentia. Não teve vontade de dizer adeus, apenas observou, como se estivesse de longe, contemplado, vendo um desfile de lembranças passar. Mas não passava. Permanecia tudo estático. Estanque. Preferiu ir embora o quanto antes, para evitar conversas falsas e irritantes das pessoas. Muitas pessoas. Quase todas que nem conhecia. Despediu-se apenas de Ana. Quando o táxi já a esperava na frente, poucas palavras educadas e um desejo sincero de ambas para que ficassem bem.

Demorou-se olhando o filho dela. Ana, percebendo, segurou sua mão. Não disse nada, mas ela entendeu. Os olhos, ali muito mais envelhecidos, não verteram lágrimas. Talvez já estivessem secos.

Ana sentiu no silêncio daquela mulher toda a dor da solidão que, naquele instante, ela percebeu se instaurar em definitivo. Quis abraçá-la. Quis seguir com ela. Cuidar. Mas não foi.

No táxi, ela só pensava em ir o mais longe possível dali. Fugir. Quis que o motorista acelerasse, mas ele não obedeceu. Não houve poste, nem acidente naquela noite. As tragédias já haviam acontecido. Mas não havia mais ninguém para cuidar de suas feridas, nem em casa com uma sopa requentada, nem deitado numa cadeira desconfortável de hospital.

As ironias perversas da vida. Na rádio do carro, um programa de músicas nostálgicas. E os versos que ouviu, inconscientemente, transportaram-na para tantas décadas atrás. Ciclo. Continuava sem saber o nome daquela banda que Miguel tanto ouvia no cassete velho do seu pai. Over and over and over and over / Over and over. Miguel saindo pela noite através da porta. Dezesseis anos. I know it's over.

Uma manhã barulhenta mais uma vez. Os vizinhos. Mas ela, aos primeiros gorjeios dos pássaros, já estava de pé. Não sabia mais quando começavam os dias ou quando terminavam. Tudo um círculo. Ciclo infinito de arrefecimento. Autômato mais uma vez sem sentido. Caleidoscópio de sensações que não sabia reconhecer. Perdera as contas dos meses que passaram. Tão rápido. O sepulcro selara alguma coisa em si. Se estivesse com forças para um esforço reflexivo, saberia que era o último resquício de esperança. Mesmo diante de tudo, lá longe, perto, dentro, fundo, ela trazia ainda uma vaga esperança de algo mudar. A esperança nunca morre, uma vez ouviu isso. Sempre achou idiota. E respondia brincando *A esperança pode não morrer, mas as pessoas, sim.*

Ergueu-se do sofá, seu ritual de alheamento, quase meditação forçada. Depois de algum tempo, ela não se dava conta mais das dores do corpo, talvez porque as da alma estivessem mais fortes desde o velório. Mas naquela manhã, parecia que todas gritaram exigindo atenção. O simples erguer-se foi penoso. Muito tempo numa mesma posição era uma sentença para ela. Sentiu como se as tíbias fossem se partir, fracas, gastas. Inúteis. O joelho direito, estridente, uivou. E sentiu o comprimir de pedaços de seu corpo que só lembrava deles quando doíam. Na vida, às vezes, fora daquele jeito também. Apoiou a mão no braço do móvel e fez força. Força talvez não para se levantar, mas para tentar achar uma razão. Motivo para se mover. Ir para algum lugar no tempo futuro. Para onde? Pensava que o velho não quer o futuro, pois o único que lhe resta é a morte. Mas esta, para ela, já havia chegado. Muitas vezes. Uma sombra a lhe perseguir. Punição por seus pecados. Inveja de Deus. Ele lhe deu as costas naquela sacristia, para não ver seu amor por Mauro. *Deus é um invejoso covarde,* sempre repetia aquilo no seu inconsciente. Mas naquela manhã, não pensava naquilo. Não pensava em nada.

A noite anterior, ficou quase toda em claro. O barulho das comemorações. Eleição presidencial. Os gritos eufóricos e provocadores se misturavam com a decepção dela. Sempre decepção. Ao longo da sua vida, assistiu a dois golpes. Um com militares e um com falsos democratas. Todos canalhas. Não votou neste ano, tanto por decepção antecipada, falta de esperança, quanto por nem sequer lembrar que era dia de eleição. Sua mente parecia que ainda estava plantada. Mármore no cemitério.

Tomou o café amargo. O café é sempre mais amargo quando não há ninguém, nem perto, nem longe. Escorreu quente por sua garganta como se engolisse pedaços de seu próprio corpo mutilado. Doença. Apodrecimento. Saliva ácida que lhe corroía pouco a pouco por dentro. Imaginou que cada pedaço de pão era um pedaço de si mesma que ela engolia. Autofagia providencial. O que restara. *Qual seria seu gosto?* O gosto da velhice talvez fosse azedo… O da solidão, áspero. Arranhando. Garras afiadas daquele gato. Ele arranhava a porta. Pontual.

Pelo resto da manhã e começo da tarde, dedicou-se aos afazeres da casa. Não foi ao jardim, não queria ver seus vizinhos. Como se alguém ainda se lembrasse de sua perda. *Ninguém se importa com ninguém nessa merda de vida!* Teve raiva porque ninguém se importava mais. Teria raiva se alguém se importasse.

Depois do almoço pálido, que deixou quase todo no prato, deitou para descansar. Adormeceu. Queria não ter mais que acordar. Abrir os olhos, para ela, era pesado. Mas abriu-os novamente. Pôs um vestido vermelho e saiu. Contou pelo menos umas cinco casas ao longo da rua com bandeiras verdes e amarelas nas janelas. Música alta. Risadas. Um carro passou por ela. Jovens. Menos de vinte e cinco anos, presumiu. Todos festejavam a nova política brasileira. Fim da corrupção. Morte aos bandidos. Gritos efusivos de "mito".

Sentiu nojo. E lamentou. A juventude, para ela, sempre fora sinônimo de luta por liberdade. Combate aos tiranos. E, agora, eles o aplaudem e reverenciam como paladino de qualquer coisa falsa. O mesmo deputado, agora Presidente da República, que enalteceu um torturador no golpe há pouco mais de dois anos.

Quis refletir sobre o processo de perda da memória no inconsciente coletivo da sociedade, ou algo do tipo. Aqueles jovens no carro eram a tinta branca que cobriria os dias de luta democrática. Não conheceram a ditadura, a mesma ditadura que ergueu torturadores e assassinos. A ditadura que o novo presidente, por várias vezes, alardeou que precisava ser retomada, *Pra botar o país nos eixos, mesmo que isso custe a vida de uns vinte ou trinta mil inocentes.*

Mas não pensou. Só teve raiva. Sentiu, como não sentia há muito tempo, um pulsar nas veias que, por um instante, afastou-a da dor.

Nossa bandeira *nunca será vermelha*, gritava o homem na padaria enquanto assistia na tevê a repercussão da eleição. Vaiava, xingava e desejava a morte do candidato derrotado. Um ódio vívido na sua face. Tresloucado. Amenizado apenas pelas imagens do seu falso messias num discurso patético. Ela tentou não se afetar. Mas as provocações continuaram. Deixou sua sopa pela metade e foi até o balcão para pagar a conta.

Agora a coisa vai pra frente. O homem vai botar pra fuder. Não vai mais ter esse bando vagabundo vermelho por aí. Nem vai ter mais essa putaria de viadagem na rua. A coisa agora vai ser diferente. E quem não entrar na linha entra na chibata.

Ela ouvia tudo e tentava ser indiferente. Embora não fosse de muitas conversas, as pessoas ali sabiam do passado dela durante a militância antiditadura. Naquele momento, arrependeu-se de ter falado tanto quando a ex-presidenta se elegeu. Mas eram tempos de felicidade. Esperança de as coisas realmente mudarem. Nada mudou. Nunca muda.

O próximo passo agora é ele ajeitar as coisas pros militares voltarem com força. Aí, sim, esse país volta a ser um lugar decente. Decente é a puta que te pariu. *Tá doida, minha senhora?! Você me respeite, que eu não faltei com respeito com ninguém aqui.* E você acha que esse monte de vagabundo de farda fez alguma coisa por esse país além de saquear o dinheiro público e assassinar inocentes?! *Inocentes? Só morreu quem era bandido. Quem devia, quem ia contra o país.* Ou você é burro, ou é canalha pra dizer uma coisa dessas. *Você me respeite, porque eu sou suboficial aposentado. Eu servi a esse país. Dei minha alma pra proteger minha nação contra esse bando de comunista corrupto.* Ah, tá explicado. Nem é burro nem canalha. É coisa pior, milico safado. Parasita da sociedade. Até hoje a merda das Forças Armadas custam uma fortuna pra manter os privilégios de vocês. E pra quê? Pra vocês passarem o dia pintando meio-fio ou se aposentando cedo pra passar o resto da vida mamando uma aposentadoria gorda. Se acham os heróis de guerra. Piada. O mais perto do combate que chegaram foi gritar com idosas na fila da padaria. *Minha senhora, você tá pedindo...* Vai fazer o que agora? Pra mostrar sua masculinidade afetada vai me bater? É assim que ensinam a ser macho no Exército? Pois deixa eu dizer uma coisa, esse negócio aí no meio das suas pernas não serve só pra você bater continência pra os seus generais, não.

Não fosse a intervenção do rapaz do caixa, o homem teria avançado contra ela. Depois de muitos gritos e ameaças, o homem foi posto para fora do estabelecimento.

Ela ofegava com sua atitude. Não se reconheceu; ou talvez aquela fosse a mulher que sempre foi, ou que deveria ter sido, o tempo todo. Ela olhou todos os funcionários da padaria. Todos atônitos. Uma surpresa por ver que ainda havia vitalidade e raiva dentro daquela velhinha pacata que, todas as tardes, vinha tomar sua sopa em silêncio. Alguns tinham pena, outros carinho. Naquela tarde, espaço apenas para perplexidade.

Ela pagou a conta e saiu o mais rápido que pôde. Virou apressada a esquina em direção ao terreno baldio, aplainado para servir de estacionamento improvisado para os clientes. Havia três carros parados. Ela nem os observou. Queria voltar o quanto antes para casa. Recolher-se. Sentia um misto de empolgação e medo; e viu seu corpo todo se excitar, eriçado com a imprevista atitude. Como se uma jaula, há muito trancada, tivesse sido arrombada.

Caminhando rápido, baixou os olhos para se render a um sorriso discreto. Súbito, a dor. Atordoada, já no chão, olhou para cima. O homem havia saído de trás de um dos carros. Uma caminhonete grande. Talvez pertencesse a ele. Devia ter olhado a placa. Não pensou naquilo no momento. Em choque. Em dor.

A pancada violenta na lateral esquerda do seu rosto era um ato brutal e um recado materializado em humilhação, para dizer que a arbitrariedade e a força sempre iriam oprimir os mais vulneráveis. E atos como aquele ainda seriam enaltecidos com glória.

Se tivesse tido tempo para pensar, teria sentido medo. Mas a avalanche de sentimentos que lhe veio à superfície da pele, como um calafrio, não foi de temor. Foi ódio. Ódio e vergonha. Enquanto o homem esbravejava injúrias e ameaças com seu dedo em riste bem próximo do seu rosto, ela apenas se odiava. Odiava estar velha. Odiava querer levantar e revidar e não conseguir. Queria dilacerar aquela criatura desprezível. Era incapaz. O corpo não respondia mais. *Na velhice, tudo é perda.* Talvez tenha pensado. Perdera pessoas, perdera esperanças, perdera domínio sobre seu próprio corpo. Perdia, aos poucos, os resquícios de memória. Deplorável. Sentiu como se sua humanidade ali se liquefizesse, como o filete vermelho que escorria de sua face. Quase lágrima de sangue, tocando o chão e se infiltrando no solo. Morte. Como morte antecipada. Sua humanidade impregnava a terra e se escondia lá no fundo, com vergonha. Nada lhe restara.

Numa reação última, revidou com palavras. Suas derradeiras armas. Inúteis. *Porque palavras não ferem ninguém.* Mas ferem. Ela sabia. Sabia muito bem. Lembrou das palavras de Miguel. Talvez até das palavras que ela mesma repetiu para ele por tantos anos, algumas dessas vezes, sem querer. Sem saber, nem entender a dimensão de como elas se cravaram lentamente, profundamente, na alma do seu filho. *Meu filho está morto!* Restavam palavra vazias. E naquela situação, as palavras não machucavam, só inflamavam a fúria daquele homem. Tentou ferir sua masculinidade mais uma vez. Sabia o quanto aquilo o irritava.

Ele já estava quase a deixando, mas ao ouvir seus xingamentos, virou-se com a voracidade de um assassino. Cego em seus brios afetados, não viu o carro que estacionava perto deles. Colocou o dedo mais uma vez na cara daquela *comunista vagabunda* e desferiu outro tapa no seu rosto. *É assim que você prova que é homem?* Ele se preparou para outra bofetada. E ela pensou, talvez, *Se é pra ser assim, que seja. Morreria, mas morreria xingando aquele milico filho da puta.* Lembrou dos tempos com Mauro. A força que eles tinham.

Mas a bofetada não veio. Antes do homem desferir mais um golpe, ele foi derrubado por uma sequência de socos e chutes que lhe partiu uma das costelas e lavou sua face de sangue.

Naquele momento, vários clientes e funcionários da padaria assistiam à cena. Uns efusivos, outros assustados. O homem, diminuído pela surra sofrida, entrou no carro e saiu em disparada. A dor da vergonha foi muito mais violenta que os golpes que ainda reverberaram no seu corpo.

No chão, ela assistiu quase passiva a tudo. Tudo tão rápido. Não entendeu muito bem. Reconheceu um rosto. Mão estendida... Mel.

Depois que voltaram do hospital, exames, receita médica, curativos e muitas recomendações, Mel insistiu em ficar com ela pelo menos naquela primeira noite. Ela dormiria no sofá sem problema algum. Achava preocupante ela, ainda machucada, ficar sozinha à noite. Agradeceu, mas recusou.

Enquanto conversavam na porta da casa, o gato se aproximou. Achou estranha a presença da cabeleireira ali. Mas não hesitou. Talvez seu perfume, talvez alguma outra sensação felina que despertasse tanto o desejo dele de estar perto, o fez se aproximar ainda mais. Não hesitou. Caminhou decido. A dona da casa pensou, por um momento, que ele iria até ela; como no dia seguinte à morte de Miguel, e lhe daria algum tipo de carinho. Mas o gato parou aos pés de Mel; e se enroscou em afagos entre suas pernas. Ela se abaixou e o pegou no colo. Sentia-se muito bem entre seus braços. *Ah, esse mocinho vai te fazer companhia. É a vez dele de cuidar da Senhora.*

Não houve resposta, apenas um meio sorriso entre o desalento, o ciúme e a melancolia. E enquanto observava os dois, ela deixou uma única lágrima rolar.

Mel colocou o gato no chão. Ele não partiu em disparada como costumava fazer. Permaneceu observando as duas mulheres que o acolheram. Talvez sentisse algum tipo de sensação de felicidade. E assistiu a Mel envolver com sua ternura aquela mulher frágil e machucada. Não houve palavras, pelo menos, não que o gato pudesse compreender. Ele se esforçou, aguçou a audição. Silêncio. Se fosse provido de uma consciência um pouco mais desenvolvida, entenderia que há momentos em que o silêncio fala tudo que precisa ser dito. Quis se esgueirar entre os dois pares de pernas. Não fez. Respeitou. Apenas ficou observando aquele abraço. Se soubesse contar o tempo, teria, talvez, dimensionando a duração daquele gesto.

Ao fim, viu as duas falarem palavras, para ele, incompreensíveis. Viu Mel se afastar e cruzar o portão da rua. Ela se virou, como quem busca com o olhar transferir algum tipo de proteção. Viu a dona da casa fechar a porta. Apagar as luzes. Escuridão. Não para seu olho felino adaptado à pouca luminosidade.

Mel limpou o rosto e, antes de seguir para casa, o chamou; e ele a seguiu. Instinto. Embora, talvez, ele quisesse ainda ficar naquela casa e, de alguma forma, dizer para aquela mulher que o alimentava todos os dias que ele estava ali. Porque, às vezes, uma simples presença na vida das pessoas é o que elas precisam.

Mas não ficou. E não a viu adormecer entre as lágrimas e os efeitos da medicação para dor.

Na manhã seguinte...

...a imagem refletida no espelho da sala não chega a lhe causar espanto, mas, talvez, algum tipo de arrefecimento. A luz de meio da manhã entra pela janela aberta não ainda tão intensa, nem tão suave. Um meio termo que, para seus olhos já cansados, é ideal. Como se isso fizesse muita diferença agora.

Se tivesse despendido algum minuto para refletir sobre a luz da manhã, estaria agora irritada com aquela luminosidade que entra sorrateira só para evidenciar a decadência do reflexo que ela vê. Inevitavelmente ela pensa que não há mais tempo para lamentos ou reflexões. Uma decisão. Talvez seja hora de desistir, colocar um fim a tudo. Rápido, indolor. Talvez tentar se desprender da dor.

Das tantas dores. Começar de novo. Novas perspectivas. Talvez, quem sabe, apenas fugir. Mais uma vez. Longe. *Pra onde?...*